崖っぷちの花嫁

角川文庫
21493

遠ざかるものの記憶

秋田昌美

崖っぷちの花嫁 目次

崖っぷちの花嫁

花嫁は今日も舞う

崖っぷちの花嫁

1　悲鳴

悲鳴が上ったとき、塚川亜由美《つかがわあゆみ》はソフトクリームをなめていた。

早くなめないと、手にしたコーンの外側を溶けたソフトクリームがどんどん伝い落ちて来るので、のんびりしてはいられなかったのである。

しかし、いくらソフトクリームを手にしていたとはいえ、悲鳴を無視して、振り向きもしないというのは、いささか不人情ではないかと言われそうだ。

だが、亜由美を責めるのは不当というものである。——ここは遊園地。

すぐ頭上を、ジェットコースターが駆け抜けて行くので、悲鳴は聞こえて当然だったのである。

「ああ、本当に早いな、溶けるの」

と、文句を言いつつ、ソフトクリームをなめるのに夢中だったが——。

「亜由美！」

と、一緒に遊びに来た、同じ大学の友人、神田聡子《かんださとこ》に呼ばれると、

「今、忙しいの！」

と、言ってやった。

「でも、あれ……」

「キャーッ！」

再び悲鳴。しかも今度は一人二人ではなく、少なくとも四、五人分の悲鳴だった。

「どうしたの？」

と、仕方なく訊《き》く。

「見てよ、あれ！」

聡子が頭上を指さした。

「え？」

ソフトクリームから一旦《いったん》目を離して、見上げる。

そこには当然のことながら、ジェットコースターのレールがあった。亜由美と聡子は見上げて、

「――本当に？」

と、思わず言った。

ジェットコースターの、一番高い場所ではないにしても、地上から十五、六メートルはあろうかという辺りに、あり得ないものが見えた。

人が、レールを歩いていたのである。

「──人がいる！」

「誰か歩いてるぞ！」

と、口々に叫ぶ人がいて、ジェットコースターは発車を見合せた。

しかし、あの高さ。落ちれば確実に命はない。

「あ！　落ちた！」

と、亜由美が言った。

「え？　まだいるじゃない」

「違うわよ。ソフトクリーム」

「何だ」

亜由美は仕方なく、コーンごとソフトクリームを食べかけでゴミ箱へ投げ込むと、

「わあ、ベトベトだ……」

と、ハンカチを取り出して、せっせと指を拭《ふ》いた。

「どうすりゃいいの？」

と、聡子は気が気でない様子で、「ね、何とかしなさいよ、亜由美！」

「ちょっと！　何で私が？　あんな所まで上《のぼ》れるわけないじゃないの」

レールの上を歩いているのは、若い女性に見えた。スカートが風で翻っているのが見える。

「誰か、ここの人を呼びなさいよ」

と、亜由美は理屈に合った提案をした。

しかし――発着所の職員は、ただポカンとして突っ立っているだけ。

「全く、もう！」

どうして私が動かなきゃいけないの？

カッカしながら、亜由美は発着所へ駆けて行くと、

「ちょっと！　早く誰か呼びなさいよ！」

と、怒鳴った。「あの人、落っこちたらどうするの？」

「困ります」

と、アルバイトらしいその若い職員は言った。

「困ってたって、どうしようもないでしょ。早く、技術の人とか点検の係の人とか、呼びなさい！」

「あ……。でも、どこにいるのか知らないんですよ、僕」

亜由美は言葉がなかった。

「どこか、あそこへ上る方法ないの？」

「点検用のはしごがそこに……」

指さす方を見ると、確かにレールを支える橋脚に沿って、真直ぐはしごがある。

「あれで上ったんですかね」

「知らないわよ！　じゃ、あんた、上ってって、あの女の人を助けてらっしゃい！」

亜由美の言葉に、その若い男はあわてて手を振って、

「僕、だめです！　高所恐怖症なんで。自分が落っこちちゃいます」

「そんな──。仕事でしょ！　高所恐怖症だって、仕事なんだから、ちゃんとやりなさい！」

「そんなこと、仕事じゃないですよ！　僕はただこのレバーを操作して……」

「誰か呼んで来ます！」

と、若い女の子の従業員が駆け出して行った。

「もっと早く何とかできないの？」

と、亜由美が文句を言うと、

「僕、ただのアルバイトです！　大体、あんた誰なんですか？　何の権利があって僕に怒鳴るんですか」

こりゃだめだ。──亜由美は怒る気も失《う》せて、聡子の方へと戻って行った。

「どう？」

「今んとこ大丈夫。でも、時々フラついてるわ。風が強いのかもね」

と、聡子は言った。「下から呼びかけてみる？」

「それ、却《かえ》って危いと思うよ。下を覗《のぞ》いたら怯《おび》えて落ちちゃうかも」

「誰か来ないの？」

「今、女の子が呼びに行った。男はだめだ」

と、亜由美は言った。

もちろん、野次馬がどんどん集まりつつあったが、大学生らしい男の子が、亜由美を押しのけて、手にしたケータイを、レールを歩く女性の方へ向けている。

「――あ！　畜生！　惜しいな！」

「ちょっと、あんた」

と、亜由美はその男の子の肩を叩《たた》いて、「何してるの？」

「見りゃ分んでしょ。写メール、友だちに送ろうと思って。もう少しで、スカートの中が撮れるんだけどな」

亜由美の頬が、見る見る紅潮した。そして拳《こぶし》を固めると、その男の子をいきなり殴り飛ばしたのである。男の子は尻《しり》もちをついて、

「いてえじゃねえか！　何すんだよ！」

「人一人、死ぬかもしれないっていうのに、スカートの中、だって？　もう一発殴ってやろうか？」

と、亜由美が身構える。

「よせ！　暴力反対！」

男の子はあわてて逃げて行った。

「全く、今の男は！」

と、亜由美はカッとなりついでに、「こうなったら、私が救い出す！」

「亜由美――」

「聡子、そう言ったじゃないの」

「言ったけど……。大丈夫？」

「知るか。もし私が死んだら、谷山《たにやま》先生あんたに譲るわ」

「よしてよ、そんな」

亜由美は、あのはしごに向って駆けて行くと、呼吸を整え、上り始めた。

「亜由美……。頑張って！」

と、聡子が声援を送る。

「自分は上ってないんだから、気楽よね」

と、亜由美はブツブツ言いつつ上って行った。

スチールの、幅の狭いはしごで、上るにつれて、手も足も痛くなる。しかし、何しろ大勢が見ている。

「やーめた」

と言って戻る、というわけにはいかない。

途中でかなり息が切れたが、それでも意地で、何とか上り切った。

レールの両側に、細い通路がある。——亜由美がレールの高さへ上ると、その女性は、数メートル先に、背を向けて立っていた。

亜由美はちょっと咳払《せきばら》いして、

「お邪魔します」

と言った。「何してるんです?」

女性が振り向いた。

そして、亜由美を見ると、両手を前に揃えて、

「いらっしゃいませ」

と、頭を下げたのである。

亜由美は面食らって、

「いえ——どういたしまして」

と、かみ合わないセリフを口にした。

「何をさし上げましょう?」

「は?」

見たところ、三十代の半ばか、落ちついた感じの女性である。スカートと白いブラウス。

　この人——夢遊病か何か？

　ともかく、今自分がどこにいるのか、分っていない様子だ。

「あの——ちょっとお話が」

　と、亜由美は少し進み出て、「よかったら、座ってお話ししません？」

「はあ……。ですが、今仕事中でして」

　と、その女性は言った。

「その仕事のお話なんです。ぜひ注文したいんですけど、それには詳しいお話を伺わないと」

「はあ、それはそうでございますね」

「でしょう？　ですから、ぜひあなたのお話を伺いたくて……。さ、どうぞどうぞ」

　亜由美は歩行用の狭い通路にペタッと座り込んだ。

「では失礼して」

　と、相手はきちんと正座する。

「私、塚川亜由美といいます。お名前は？」

「木村《きむら》と申します。木村みずえです。どうぞよろしく」

「木村さんですね。——あの、ぜひ注文したいんですけど……」

　何を注文すればいいのか、まるで分らない。

「ご予算はいかほどでございましょう？」

と訊《き》かれて――さて、見当もつかない。

「あの……大体平均的なお値段はいかほどで？」

と、逆に訊いた。

「そうでございますね……。大きさにもよりますが、大体皆様お求めになるのは、百万円前後というところではないでしょうか」

百万円！　この人、何を売ってるんだ？

「それ以上というと……」

「上はもちろん、億というお値段のものもございます。カラット数だけでなく、細工にもよりますが」

宝石か！　亜由美は咳払いして、

「ええと……たとえば婚約指輪となると……」

「婚約……でございますか」

突然、木村みずえの表情がこわばった。「いけません！」

「は？」

「男など信用してはいけません！　男の言葉を信じて、婚約などしても裏切られるだけです！」

両の眼から涙が溢《あふ》れて、木村みずえはすすり泣いた。

「あの、落ちついて下さい！」

変なこと言っちゃった、私？　あわてて、

「たとえば、の話です！　私、婚約なんてしてません！　そんな予定もありません！」

と続けた。

木村みずえは涙を拭《ぬぐ》って、

「まあ……。私としたことが……。申し訳ありません。個人的感情を仕事に持ち込んだりして……」

「いえ、そんな……」

早く、誰か助けに来い！

「では、どういう品をお望みでしょうか。ティアラやブレスレットなどですと、大体一千万円くらいからになりますが」

「まあ、お安いですね！」

どうせ本当の取引じゃないのだ。いくらでもつり上げてやれ！

「私としては、やはり三千万円以上の品でないと」

「そうでございますね！　お客様はよくお分りでいらっしゃいます」

「まあ……育ちがいいものですから。ホホホ」

「それはもう、気品がにじみ出ておりますわ！」

谷山に聞かせてやりたい！

「では、いっそ一億円のティアラはいかがでしょうか？」

「い、いいですね」

つい口ごもってしまうのが、貧乏性というものか。

「では、エメラルドとルビーをあしらったティアラをご注文ということで」

「結構ですわね！」

「これで私の役目は果しました……」

「役目？」

「お買上げ、ありがとうございました」

と言うと、木村みずえは、スーツのポケットから　何と、小型の拳銃《けんじゅう》を取り出したのである！

そして、ニッコリ笑うと、

「失礼いたします」

と言って銃口を自分のこめかみに当てた。

「だめ！」

とっさに飛びかかった亜由美は、木村みずえの手首をつかんだ。銃声がして、弾丸は亜由美の肩をかすめた。

「痛い！　やめなさい！」

「何をなさるんです！」

「拳銃を捨てて！」

もみ合っている内、二人の体は手すりの隙間から——。

2　命の恩人

「息が止るかと思った」

と、聡子は言った。「亜由美たちが、手すりからぶら下ったときにはね」

「だったら、助けに来いって！」

と、亜由美は言った。「もう、永遠にぶら下ってるかと思ったよ」

「オーバーよ。せいぜい一分」

「自分で一分、ぶら下ってみな」

「まあまあ」

と、割って入ったのは、殿永《とのなが》部長刑事。「ともかく、亜由美さんがご無事で何よりでした」

——亜由美は入院していた。

駆けつけた遊園地の保安担当者に引張り上げられ、二人とも救急車で運ばれて来た。

亜由美も、弾がかすったり、打ち身などの傷があって、念のため一晩入院することになったのである。

「あの女の人、どうしました？」

と、亜由美は訊いた。

「運ばれて来てから、ずっと眠り続けているそうです。――妙ですね」

「宝石屋さんみたいでしたけど」

「ほう？」

亜由美が、あの場での会話を話してやると、

「なるほど。〈木村みずえ〉ですね」

殿永はメモして、「当ってみましょう」

「亜由美、一億円もするもの、注文したの？」

「架空の話よ。いくらだって同じじゃない」

そこへ、病室のドアが開いた。

「ワン！」

「あ、ドン・ファン！　来てくれたのね！」

愛犬、ダックスフントのドン・ファンが駆けて来てベッドへ飛び上って来る。

「亜由美、大丈夫か」

父、塚川貞夫《さだお》、母の清美《きよみ》もやって来た。

「みんな、さすがに心配した？　よろしい」

と、亜由美が言うと、

「そりゃあ、あんな所からぶら下ったりして、みっともない！　恥ずかしくて買物に行けないわよ」

「お母さん！　私、人の命を助けたのよ！　どうして恥ずかしいのよ！」

と、亜由美はカッとなって言った。

「だって、ぶら下って足をバタバタさせて」

「当り前でしょ、死にたくないもん」

「そりゃそうよ」

「じゃ、何が恥ずかしいの？」

「あんたの脚が、あんなに短かかったかと思って」

亜由美も何とも言い返せなかった……。

「いや、亜由美さんはご立派でしたよ」

と、殿永がなだめるように、「あんなことは誰にでもできるわけではありません」

「ワン」

ドン・ファンも評価してくれたようで、亜由美はわずかに慰められた。

「うむ、お前はよくやった」

と、父、貞夫が、いつもながら芝居がかった口調で言った。「お前の墓にはこう彫ろう。

〈少しおっちょこちょいだったが、人命を救って死す〉とな」

「私、まだ生きてますけど」

と、亜由美は言った。「念のため」

そこへ、看護師が顔を出し、

「失礼します。あの女性の知り合いだっていう方がみえてます」

「私が会いましょう」

と、殿永が言った。

「でも、今ここに。――命の恩人にひと言お礼を申し上げたいと」

看護師を押しのけるようにして入って来たのは、がっしりした体つきの、作業服を着た男性。泥だらけのゴム長靴をはいている。

「TVで見まして……」

と、亜由美を見ると、「あんたですね、みずえを助けてくれたのは！」

と、ベッドへ駆け寄り、

「ありがとうございました！」

ペタッと床に正座して、這《は》いつくばるように深々と頭を下げたのである。

亜由美はびっくりして、

「ちょっと、そんな大げさな……。立って下さいよ」

と、起き上って言った。

「いや、本当にありがたいことで……。何気なくTVを見てたら、担架で運ばれてる女の顔が……。びっくりして」

「まあ、落ちついて」

殿永が男を落ちつかせて、椅子にかけさせた。

男は芝雄一《しばゆういち》といった。木村みずえと幼なじみで、

「元は、みずえの家も米作りの農家でした。でも、みずえは『もっと洒落《しやれ》た仕事をするんだ』って言って、高校を出ると東京へ。——親父さんが亡くなって、結局農業はやれなくなったんです。俺のとこはまだやってますが」

そのスタイルも納得がいく。

「みずえさんはどこに勤めてらしたか、ご存知ですか?」

「何とかいう……宝石屋だと聞いてました」

「やっぱりね」

と、亜由美は肯《うなず》いて、「でも、どうしてあんなことを?」

「そいつはさっぱり」

と、芝雄一は首をかしげた。「もう五、六年、会ってませんので」

芝は、みずえと同じで三十四歳と言った。

「――みずえは、何のつもりであんな所へ上ったんでしょう？」

「それは分りませんけど」

と、亜由美は言った。「誰か男と結婚の約束をして裏切られたようです」

「そんなことが……」

あのジェットコースターのレールの上で話したことを伝えると、芝はため息をついて、

「昔から、純情で一本気な女です。きっと男に騙《だま》されたんです。畜生！」

と、拳《こぶし》を振り回した。

「しかし、ただごとではありませんな」

と、殿永は言った。「ただ振られてノイローゼになったというのでは説明できません。まず、普通の宝石店に勤めている人が、拳銃《けんじゅう》は持っていません」

「そうですね。しかも自殺しようとしました」

「何か、もっと大きな犯罪に係《かかわ》っていたのではないでしょうか。――ご当人の意識が戻らないと」

殿永の言葉に、病室は重苦しい空気に包まれた。

「――ともかく」

と、清美が明るく言った。「命拾いした人が二人もいるんですから。これはめでたいことです」

「全くですな」

と、殿永は微笑んで、「この前向きなところが、亜由美さんも似ていますね」

「何とでも」

亜由美はそう言ってから、すすり泣いている芝の方へ、「芝さんはみずえさんを愛してるんですか？」

と訊《き》いた。

芝はあわてて涙を拭《ぬぐ》うと、

「いや、失礼しました！――愛ですか。そんな……。確かに子供のころとか、中学生のころは、本気で『好きだ』と思ってました。でも、高校生になると……。もう目指すものが違い過ぎて――」

「どうでしょうか」

と、亜由美は言った。「ぜひ一度、みずえさんと話してごらんなさいな」


「やれやれ……」

つい、ため息が出る。

丸山広志《まるやまひろし》は社長の椅子に身を沈めて、苦笑した。

机の上のボタンを押して、

「コーヒー、いれてくれ」

と指示する。
二、三分でドアが開き、秘書の七尾里香《ななおりか》がコーヒーを盆にのせて入って来る。
「ありがとう」

と、丸山広志は言って、コーヒーを一口飲んで、「――いつもの味だ。ホッとするよ」

「お疲れでは？」

と、七尾里香が訊いた。

「そりゃあ、働けば疲れるさ。――疲れるだけの結果が出ればいいんだが」

丸山は時計を見て、「もう閉店時間だな」

「お客様がお二人いらっしゃるので、あと十五分ほどで」

「そうか」

丸山は、若々しい里香の白い手を取ると、

「今夜はどうだい？」

「お宅へお帰りになった方が」

と、里香は言った。「明日《あした》はお嬢様のピアノの発表会です」

「――そうだった！」

と、丸山は肯いて、「いや、ありがとう！　忘れるところだったよ」

「今夜はお帰りになって、お嬢様を励ましてあげて下さい」

「うん、そうしよう」

丸山は微笑んで、「君は本当によく気の付く子だな」

「二十八の女をつかまえて『子』はやめて下さい」

と、里香は言った。「秘書がそれくらいのこと、憶《おぼ》えていなかったら、つとまりませんよ」

「明日が発表会か！　よし、ビデオをしっかり撮るぞ」

「今夜の内に、電池の充電をお忘れなく」

「うん、全く君は――」

「気が付く、でしょ？」

里香はそう言って、「来週の水曜日は、空けてあります。社長のご予定も、私の予定も」

と続けた。

「うん。――分った」

里香が、ふと丸山へ歩み寄ると、素早くキスした。

ドアにノックの音がして、

「社長、主任の井上《いのうえ》でございます」

「入ってくれ」

「失礼いたします」

井上は、まず禿《は》げた頭から入って来る。——丸山はいつもふき出しそうになるのをこらえていた。

「最後のお客様がお帰りになりました」

と、井上は丸山の前に直立不動になって、

「ご報告いたします！」

「ご苦労さん」

と、丸山は肯いて、「じゃ、片付けてみんな帰ってくれ」

「はい！」

——井上忠男《ただお》は、今五十八歳。この〈S宝石店〉に十六歳から勤めて来た。

今は〈売場主任〉として、なじみの客を一手に引き受けている。

「そういえば、木村君はどうした？」

と、丸山は思い出して、「今朝、来てなかったって？」

「さようでございます」

と、井上は眉《まゆ》をくもらせ、「木村としては誠に珍しい——いえ、これまで一度もなかったことでございます。連絡もなく休むなどということは」

「木村君らしくないな、確かに」

と、丸山も心配そうに、「七尾君、木村君は一人暮しか」

「そう聞いています」

「何かあったんでなきゃいいが……。七尾君、すまないが――」

「帰りに、木村さんのマンションに寄ってみます」

「頼むよ」

「ケータイへかけても通じませんでした」

と、井上は言った。「事故にでも遭ったのでなければいいのですが」

木村みずえは、この〈S宝石店〉の、もう一人の〈売場主任〉である。二人のどちらかは必ず出勤しているのだった。

「ではこれで――」

と、井上が出て行こうとすると、

「主任さん！」

と、女性店員があわてて駆け込んで来た。

「おい、社長室へそんな風に――」

「木村さんのことで――。警察からお電話です！」

「警察だって？」

丸山が表情を固くして、「僕が出る。ここへ回してくれ」

「はい！」

丸山は机の電話が鳴るのを待って、

「とんでもないことでなきゃいいが……」

と呟《つぶや》いた。

電話が鳴る。井上と七尾里香は、緊張の面持ちで、電話に出る丸山を見つめていた。

「もしもし。――社長の丸山でございます。――はい、確かに木村みずえは、うちの社員ですが」

丸山が目を見開いて、

「――木村が、ですか？　――ジェットコースターのレールに？」

井上と里香は、わけが分らず、顔を見合せた……。

3　老舗《しにせ》の商売

「あなた！　早かったのね」

と、加奈子《かなこ》は玄関へ出て行った。

「ああ。明日は愛《あい》のピアノの会だろ」

丸山広志は鞄《かばん》を妻へ渡すと、「ちゃんと愛と約束したからな」

「パパ、お帰り！」

一人娘の愛が駆けて来て、「一緒にご飯食べよ！」

「よしよし。――着替えてくるから、待ってろよ」

丸山は二階へ上った。

着替えていると、加奈子が顔を出し、

「あなた、発表会には行けるの？」

「当り前だ。ビデオも撮るぞ。おっと！　充電しとかなくちゃ」

「嬉《うれ》しいわ」

加奈子は、夫の背中に頬を寄せた。

「おい……。どうしたんだ」

「ごめんなさい。――そうだ、忘れるところだった。スープ、コーンとカボチャとどっちがいい？」

「カボチャだな」

「かしこまりました！」

加奈子は、階下へ下りると、台所に立った。

「ママ、愛も手伝う？」

「そう？　じゃ、サラダのお皿、出してね」

「はあい」

――加奈子は微笑んだ。

今、加奈子は三十六歳。愛は十歳になる。

加奈子は一見、年相応に若く見えるが、実は髪はほとんど真白だ。染めないと、老けて見える。

夫、丸山広志が、以前のように明るくしているのを見ると、加奈子はつい泣いてしまうのだった。

同時に、恐怖心が加奈子を金縛りのようにすくみ上らせる。

また、あんな日々が来るのではないか。この家の中が、まるで墓場のようにひっそりと、重苦しい空気に包まれた日々……。

「もう二度と」

と、加奈子は呟いた。「あんなこと、二度とごめんだわ」

ケータイが鳴った。

ちょっと火を止めて、台所から廊下へ出る。

「——もしもし」

チラッと階段の方へ目をやって、「——ええ、どうなった？」

と訊《き》いた。

向うの話を聞いて、加奈子は息を呑《の》んだ。

「——じゃあ、木村さん……」

あわてて声をひそめ、「木村さん、死んでないの？」


「ご迷惑かけました」

と、七尾里香は、亜由美に何度も頭を下げた。

「いえ、もういいんです」

と、亜由美はベッドに起き上って、「ともかく、木村さんが無事で何よりでした」

「本当に、どうしてそんなとんでもないことをしたのか……」

と、里香はため息をついた。

「主任さんなんですか」

「はい。まだ三十四歳ですが、ともかくよく仕事のできる人で。海外との取引などは、あの人が一手に引き受けています」

「働き過ぎてノイローゼなんですかね」

「当人が回復したら、よく調べてみます」

「そうですね。二度とあんな所へ上らないように」

「恐れ入ります」

里香はまた頭を下げて、「改めて社長の丸山がお礼に伺いたいと申しておりますので……」

「いいんです、そんなこと。もう明日《あした》には退院しますし」

と、亜由美はあわてて言った。

そこへ、

「お邪魔します」

と入って来たのは、みずえの幼なじみ、芝雄一。

「あ、芝さん。今夜、泊って行かれたら?」

「いや、心配ではありますが、何しろ農家は朝が早いので。田んぼに休みはありませんしね」

「そうですね。じゃ、今から？」

「はい、夜中には帰れます」

「気を付けて」

――芝は、ずっと木村みずえの様子を見ていたのである。

しかし、まだみずえは眠りから覚めなかった。

亜由美は、里香に芝を紹介した。

「――では私もこれで」

里香と芝は、一緒に亜由美の病室を出た。

エレベーターで一階に下りると、

「じゃ、芝さん、これから電車でお帰りですか」

と、里香が言った。

「ええ。向うの駅までは三時間くらい。そこから一時間も歩けば」

「まあ、大変」

と、里香は微笑んで、「お送りしますわ、自分の車ですし」

「とんでもない！　あんな田舎に」

「いえ、本当に。――みずえさんの子供のころの話も伺いたいわ」

里香は、呆気《あっけ》に取られている芝を、自分の車に乗せてしまった。

車を出すと、

「芝さん。——夜中になっても、お宅に着けばいいんでしょ？」

と、里香は言った。

「ええ、まあ……」

「じゃ、ちょっと一杯お付合下さいな」

「え？　しかし——」

車は大きくカーブして、広い通りへ出た。

「あの……どこへ？」

「六本木です」

「はあ……。六本、木が生えてるんですか」

「そんなところです」

車は、明るいネオンの町並を抜けて、六本木の裏通りへ入る。

駐車場で車を停め、

「さあ、どうぞ」

「はあ……。しかし、この格好で？」

「いいですよ、そのゴム長靴！」

「そうですか?」

エレベーターで、静かなビルの最上階へ。

「——いらっしゃいませ」

タキシードの男性が里香を迎えた。

「みえてる?」

「はい、奥の部屋に」

——芝は、薄暗い照明の中、スラリとした長身のドレス姿の女性たちに迎えられて、ただ呆然《ぼうぜん》とするばかりだった。

里香に手を引張られて、奥のドアへ。

「——やあ、来たか」

中で、ゆったりとソファにかけた男が、二人を迎えた。三つ揃いにサングラス。

「どうも」

里香は会釈して、「こちら、芝さん。——いいでしょ、このファッション?」

と、微笑んで言った。

「いやもう……充分に……」

と、芝雄一は何度も首を振った。

「あら、まだたった五杯よ」

と、芝へ身をすり寄せた女の子が、ウィスキーのグラスを押し付ける。

「五杯ってことはないよ。もう十杯は……」

「でも、いい飲みっぷりだわ！　やっぱり田舎の方は違うわ！」

芝は、結局すすめられるままに、またグラスを空にした。

「逞《たくま》しいわねえ……」

と、両側に陣取ったクラブの女の子が、指先で芝の胸や太腿《ふともも》をつつく。

「ねえ！　この筋肉！　東京の人は頼りなくって」

「そうかね……。何しろ毎日この格好で土を耕してるからな」

と、芝もほめられれば悪い気はしない。

「土だけじゃなくて、女の子のことも耕してるんじゃない？」

と言って、女の子は笑った。

「女の子なんて……」

「あら、嘘ばっかり！　――私、この逞しい腕にギューッて抱きしめられてみたいわ！」

「本当！　私もよ」

「だめよ、私が先！」

――芝は、いい加減酔って、わけが分らなくなって来ていた。

「抱きしめてやろうか？」

と、そばの女の子にブチュッとキスする。

「あ、キスした！　じゃもう一杯飲むのよ！」

「おい、そんなこと……聞いてないぞ！」

と笑って――。

ほぼ十分後には、芝は酔い潰《つぶ》れていた。


「わざわざどうも……」

亜由美はすっかり恐縮していた。

「いや、大切な社員の命を救って下さったんですから」

と言ったのは、〈S宝石店〉の社長、丸山広志だった。「――七尾君」

「はい」

七尾里香が、大きな包みを持って来る。

「心ばかりのお礼です。お受け取り下さい」

と、丸山は言った。「マスクメロン十個です」

「十個！」

さぞ高級品だろう。

さらに巨大な花束が、亜由美の病室を埋め尽くした。

今日退院するのに……。

亜由美としては、内心、「家へ持って来てくれれば」と思っていたのである。

「今日ご退院と伺いましたので」

と、丸山は言った。「車を用意いたしました。ご自宅までお送りして、この花束もお届けします」

「どうも……」

病院へ、母の清美とドン・ファン、そして神田聡子もやって来ていた。

「では、私は仕事がありまして。これで」

と丸山は一礼した。

そして里香の方へ、

「七尾君、後はよろしく頼むよ」

「かしこまりました」

丸山が出て行くと、里香は、

「メロンとお花は車の方へ入れておきます」

と言った。「木村さんが早く回復してくれるといいんですけど」

「そうですね」

と、亜由美が肯《うなず》く。

すると聡子が、

「でも、回復したら、亜由美の所に一億円の請求書が行くかもよ」

と、からかった。

「請求書とおっしゃいますと?」

と、里香が当惑顔。

「いえ、それは――」

亜由美があわてて、あのとき木村みずえとの話の成り行きでまとめた「商談」のことを説明した。

「そんなことがあったんですか」

と、里香が笑って、「ちゃんとお申し出下さればキャンセルいたしますから」

「よろしく」

と、亜由美は言った……。

――里香が一足先に帰って行き、亜由美たちは仕度して退院の手続きをした。

「費用は全部〈S宝石店〉で持ってくれるって」

と、亜由美は言った。「あんな思いして、入院費まで払わされたらかなわないけどね」

ゾロゾロと病院を出て、

「車ってどれかしら」

と、亜由美が左右を見回すと……。

「――ワン」

と、ドン・ファンが言った。

「うそでしょ」

聡子が目を丸くする。

普通の車を三台つなげたくらいの巨大なリムジンが、正面へつけた。

「冗談、これ？」

と、亜由美が言った……。

「凄《すご》い乗り心地だった！」

家へ帰って、亜由美はソファに引っくり返ると、「ＶＩＰの気分」

「そうねえ……」

清美が首を振って、「このメロンだって、一個一万円じゃきかないわ。お花も高そうだし……。大丈夫なのかしら」

「何が？」

「あの丸山さんって社長さんよ。昔の二代目、三代目社長ならともかく、今はこんなことにお金を注ぎ込めるとは思えないけど」

「でも、分ってるでしょ、社長なんだから」

「どうかしらね」

「クゥーン……」

「ドン・ファンも心配してるわよ」

塚川家の一員、ダックスフントのドン・ファンは優れた「直感」の持主である。

「でも——私にそんなこと言われたって」

と、亜由美は肩をすくめて、「今さら、メロン返すってわけにいかないでしょ？　だったら食べるしかないじゃない」

「私、お土産にもらってあげてもいいわよ」

と、聡子が言った。

それにしても……。木村みずえは、どうしてあんなことをしたんだろう？

まだ意識が戻らない木村みずえ。結局は彼女が目覚めるのを待つしかないのだろうか。

そこへ、玄関のチャイムが鳴って、

「——亜由美」

と、清美が出てみて言った。「お迎えの車だって」

「え？　だって、帰って来たばっかりなのに……。どこへ行くの？」

「知らないわ。——これを渡すように言われました、って、ドライバーさんが」

亜由美は渡されたチラシを見て目を丸くした。

「〈ピアノ発表会〉？　どうして私が……」

裏返すと、走り書きのメモがあった。

〈本日、娘の愛が出演いたします。お時間があればお聴きいただけると幸いです！
丸山広志〉

「これがメロンの代金？」

と、亜由美は呟《つぶや》いた。

4　照　明

赤いドレスの少女がステージに登場した。

「次は、丸山愛さん、十歳です」

と、アナウンスが言った。「曲はショパンの〈子犬のワルツ〉」

拍手が起り、少女はいささか頬を紅潮させて、一礼すると、ピアノに向った。

「可愛いわね」

と、聡子が言った。

結局、亜由美、聡子、ドン・ファンといういつものメンバーでやって来ることになったのである。

丸山愛の腕前は、なかなかのものだった。もちろん、「天才少女」といったレベルの話ではないが、食い入るように見つめている丸山広志の目には「大天才」に映っているだろう……。

ミスもなく、〈子犬のワルツ〉を弾き切った愛には盛大な拍手が送られた。父親はビデオを撮っていたので、拍手できなかったが……。

「ここで十五分の休憩です」

と、アナウンスがあって、場内が明るくなる。

「間に合って良かった」

ロビーに出て、伸びをしていると、

「わざわざすみません」

と、七尾里香がやって来た。

「いいえ。でも、いきなり車が来て、びっくりしました」

と、亜由美が言うと、

「申し訳ありません。社長が突然言い出したんです。『あの塚川亜由美さんという人は、きっと芸術にも深い理解を示されるに違いない！』とおっしゃって」

そう言われると、亜由美も、

「それほどでも……。まあ、感受性が繊細だとは、小さいころから言われて来ましたけど……」

「ワン」

ドン・ファンが足下で一声吠《ほ》えた。――笑っていたのかもしれない。

「もちろん、最後までお聴きになることはありませんので。どうぞ適当にお帰りになって下さい。お忙しいでしょうし」

と、里香は言って、「少々お待ちを」

大分老けた感じの男性が、大きな紙袋を手にやって来た。

「もう一人の売場主任、井上です」

「井上忠男と申します」

と、みごとに禿《は》げた頭を下げて、「木村みずえをお救い下さいまして、本当にありがとうございました！」

「あ、いえ……」

「本日のお土産でございます」

と里香が、しっかり重い紙袋を亜由美へ渡す。

「いえ、そんなもの……」

「社長からの、心ばかりのお礼でございますので」

断るわけにもいかず、受け取って、亜由美はロビーに出て来た丸山を目にとめた。

丸山の方へ、さっき〈子犬のワルツ〉を弾いた愛という少女が可愛いドレスのまま、駆けて来て、

「パパ！　来てくれたんだね！」

と、抱きつく。

「当り前だ。すばらしい演奏だったぞ！　世界のどのコンサートホールに出てもおかしく

ない！」

　丸山は娘を抱き上げて、頬《ほ》っぺたにキスした。

「パパ！　人が見てるよ」

　と、愛は真赤になった。

「すてきなお父様ですね」

　と、亜由美は言った。

「そうですね」

　里香の口調は、なぜか少しそっけなかった。

「あなた」

　明るい色のスーツを着た女性が、丸山たちの方へとやって来た。

　あれが丸山の奥さんか。——いかにも上品で、「社長夫人」って感じ。

「では私はこれで」

　と、里香が一礼して、ホールの客席の方へと入って行った。

「ねえ、亜由美」

　そばで聞いていた聡子が言った。「あの秘書、社長さんに惚《ほ》れてるんだね」

「え？　どうして？」

「見りゃ分るじゃない！　奥さんのこと、怖い目でにらんでたよ」

「そう?」

「だめね、亜由美は。恋人がいるくせに、そんなことも分んないの? 谷山先生に振られるよ」

「放《ほ》っといて」

と、亜由美はプイとそっぽを向いたが……。

「あの……塚川さんでいらっしゃいます?」

振り向くと、丸山の夫人が立っていた。

「丸山加奈子と申します。木村みずえさんを救っていただいたこと、井上さんから聞きました。ありがとうございます」

「いえ、そんなこと……」

近くで見て、亜由美はちょっと意外な気がした。

きれいに化粧しているが、老けた印象がある。よく見ると、髪も染めているようだ。

子供が十歳というのだから、まだそう年齢《とし》でもないと思うが……。

「木村さんが早く意識を取り戻すといいですね」

「ええ。——私も病院の方へ行くつもりにしておりますの」

第二部開始五分前のブザーが鳴った。

丸山加奈子は、足早に中へ入って行った。

「どうしようか」

と、亜由美は言った。「丸山さんの娘の演奏は聴いたから、もう失礼してもいいけど……」

「そのお土産、何が入ってるの？」

と、聡子は興味津々。

「まさか、こんな所で出せないでしょ」

二人で考えていると――。

「ごめんなさい」

と、声をかけて来たのは、ちょっと地味なスーツの女性で、「あなた、ジェットコースターで〈S宝石店〉の木村さんを助けた方？」

「そうですけど……」

「ニュースでチラッと見たので、憶えてたの。丸山さんの娘さんを聴きに？」

「ええ、まあ……。どなたですか？」

「失礼。私、大津《おおつ》圭子《けいこ》」

名刺をくれる。〈M経済〉記者とある。

「今、丸山さんの奥さんと話してたわね。知り合い？」

「いいえ。今初めてお会いしたんです」

「そう。——あの人も気の毒よね。ずいぶん苦労して。髪なんか真白よ」

「でも——社長夫人なのに？」

「傾いた会社の社長夫人じゃね」

大津圭子は四十前後か。人の不幸を面白がるタイプと見えた。

「お店がですか？」

「そう。〈S宝石店〉っていえば、伝統のあるお店なのよ。代々のお得意さまだけで商売が成り立ってたわけでしょ、以前は。でも、今はもう無理。あの社長さんは、なかなかそれが理解できなかったのね」

「でも……お店、潰《つぶ》れてませんよ」

「ふしぎなことにね。——でも、数年前、本当に危かった時があって、お店の人が社長にはっきり数字を見せたら、ショックであの社長、おかしくなっちゃったの」

「おかしく？」

「夜中に突然お店に出かけて行って、『すぐ開店する』と言ってみたり、道を歩いてる人を捕まえて、『五億円のダイヤを買ってくれ』って頼んだり……。お店の人たちも大変だったみたいよ」

「それで奥さんが……」

「ええ。私もそのころ何度かパーティで見かけたけど、見る度に何歳も年齢《とし》を取ってるみたいだった」

「でも、治ったんですね、社長さん？」

「そのようね。詳しいことは分らないけど、お店の人たちが必死に支えてるんじゃない？　木村さんも頑張ってた」

大津圭子はそう言って、「ごめんなさい。引きとめちゃって」

「いえ、もう帰ろうかと思ってたんで」

「私もよ。愛ちゃんがちゃんとピアノを弾いてるのを見てホッとした」

大津圭子は微笑んで、「ともかく、木村さんを助けてくれてありがとう。——まだ意識が戻らないみたいね」

「そのようですね」

「病院にも行ってみるわ。——じゃ、これで」

と、足早に帰って行く。

「——どこも苦労はあるのね」

と、聡子が言った。

「うん……。だけど、あのメロン十個とか、リムジンとか……。丸山さんが状況を分ってるとは思えないね」

亜由美はそう言って、「この袋の中身、見るのが怖くなって来た」

そのまま、すぐ帰るのもどうか、ということになり、二人は、「あと二、三人、聴いてから帰ろう」と決めて、ホールの中に入った。

第二部は比較的大人の出演者が多く、それなりに聴いていられた。

二人は、すぐ出られるように、一番後ろの列に座っていたが、ずっと前の方には、娘と妻に挟まれた丸山が見えていた。

すると、扉が開いて入って来た中年の男性が、亜由美たちの隣に座ると、

「すみません」

と、小声で、「今、どの人が弾いてるんですか?」

と、入口でくれるプログラムを開いて訊《き》く。

「さあ……。大体この辺だと思いますけど」

と、亜由美が適当に指さしてやると、

「そうか……。じゃ、丸山愛はもう終っちまったんだな」

と、男は呟《つぶや》くように言った。

亜由美と聡子は顔を見合せた。

「――丸山さんのお知り合いですか?」

と訊くと、

「いや……。別にそういうわけでは」

と、なぜか少しあわてたように言った。

そして、

「じゃあ……仕方ないな」

と呟くと、「──失礼しました」

と立ち上って出て行ってしまった。

「何だか変な人だね」

と、聡子が言った。

すると、ドン・ファンがタッタッと歩いて行って、重い扉の前で振り返ったのである。いくらドン・ファンが名犬でも、あの扉は開けられない。

「何かありそうね」

亜由美は、手さげの紙袋を聡子に頼んで、急いで立って行くと、扉を開けて、ドン・ファンを出してやった。

ロビーでは、さっきの男性がソファにかけて、プログラムを眺めている。──ごく地味な印象の、サラリーマンタイプだ。

亜由美が、声をかけたものかどうか迷っていると、扉が開いて、何と丸山広志が出て来たのだ。

そして、あの中年男の方へ歩み寄ると、

「やっぱりあんたか」

と、少し険しい表情で言った。「チラッと出て行く後ろ姿を見たんだ」

「丸山さん。——何か用ですか、僕に」

と、男は穏やかに言った。

「前野《まえの》さん、あんたは知らないのか？　木村君がどういうことになっているのか」

「みずえさんが？　どうかしたんですか」

前野と呼ばれた男は、当惑した様子だった。

「死のうとしたんだ」

「何ですって？」

前野が声を上げた。「自殺しようとした？」

「ああ。危ういところを——そこにいる女性に助けられた」

と、亜由美の方を見る。

「それは……知らなかった。本当です」

「ずいぶん冷たいんだね、前野さん。恋人だった女性が死にかけたっていうのに」

恋人だった？——亜由美は、あのとき木村みずえが「男など信用してはいけません！」と涙ながらに言っていたのを思い出した。

では、この男が？

「そう言われてもね」

と、前野は丸山から目をそらして、「別れた女のことを、ずっと見ていられないでしょう」

「何て身勝手な！」

丸山は本気で怒っている。「あんたのせいで、彼女はおかしくなったんだぞ！」

「あの……お静かに」

ホールの係の女性がやって来て言ったが、丸山の耳には全く入っていない。

「少しは申し訳ないと思っているのか！」

と、今にも前野へつかみかからんばかり。

前野は立ち上ると、

「男女のことは、どっちがいい悪いという問題じゃないですよ」

と言った。「失礼します」

出口へ向って歩きかけた前野の肩へ手をかけると、丸山は、振り返った前野を殴りつけた。それほど力は入っていなかったのか、前野はちょっとよろけただけだった。

亜由美はびっくりして、

「丸山さん！　いけませんよ！」

と止めた。

「すみません……。ついカッとして。どうしても抑え切れなかったんです」

そこへ扉が開いて、丸山の妻、加奈子も出て来た。

「あなた！　どうしたの？」

と、急いでやって来ると、「まあ——。前野さん」

「どうも」

と、加奈子の方へ一礼して、「別に大したことじゃありません。気にしないで下さい」

「でも、唇が切れてますよ。血も出てるし」

「ご主人の殴り方が下手なんですよ。ちゃんと、まともに殴っていれば、こんなことはない。いや、ここで僕は大の字になってのびてたでしょうね」

「あなた、前野さんを殴ったの？」

「ああ。木村君の気持を考えれば当り前だ」

「それにしたって……」

「ともかく、僕はこれで」

と、前野は言った。「お嬢さんの演奏が聴けなくて残念でした」

と、加奈子の方へ会釈して出て行く。

「あなた。席に戻りましょ」

と、加奈子は丸山の腕を取って、客席への扉の方に引張って行った。

ドン・ファンが、さらに前野の後をついて行くので、亜由美も続いた。やはり出て来ていた聡子も、紙袋をさげて追いかけた。

「待って下さい」

亜由美が呼び止めると、

「ああ、あなたですか。あなたが木村みずえを救って下さったんですか？」

「そのことで、ちょっとお話ししません？」

と、亜由美は誘った。

5 恋路

「どう思う?」

と、亜由美は言った。

「どうって言われても……。よく分んないわよ」

「あら、聡子は私がちっとも恋のことが分ってないって言ってたじゃない」

「それはそれ、これはこれよ」

「何だか分んないわね」

「ワン」

――いくら考えても、果して前野が本当に木村みずえを裏切ったのかどうか、分らないのである。

あのピアノの発表会から、三日たっていた。

あのとき、ホールを出て前野とティールームで話をしたのだが、亜由美の話に前野はびっくりして、

「そのニュースは憶《おぼ》えてますが、まさかみずえさんのことだったとは……」

と、呆然《ぼうぜん》としていた。

しかし、みずえの言った、「男を信用するな」の意味となると、前野は、

「それが僕のことかどうかは分りません」

と言うだけ。

確かにみずえを心配しているのは間違いないようだった。

三日もたって、みずえはまだ意識が戻っていなかった。そのことも不自然で、他に何か理由があるのかもしれないと、医者が検査を始めていた。

「何が『分んない』の？」

母の清美が、紅茶を出してくれながら、「分らないことがあれば、人生の先輩に訊《き》くのが一番でしょ」

「たとえば？」

「そりゃあ、身近な母親とか」

「でも、お母さんに恋の話をしてもね」

「あら、失礼ね。私はいつでも恋をしてるわよ」

「へえ。お父さんに？」

「たまにはね」

「はっきりしてるわね。――この間の、ジェットコースターの女性のことよ」

と、亜由美が前野のことを簡単に説明すると、

「その人は偉いわね」

と、清美は言った。

「前野さんが？」

「丸山さんに殴られて、怒りもしないなんて。なかなかできることじゃないわ」

「それは同感。そういう人が、木村みずえさんを裏切ったのかなあって……」

「それは別の人のことよ」

と、清美はアッサリ言った。

「前野さんじゃない、ってこと？」

「たぶんね。もし、後ろめたさがあれば、殴られる前に、丸山さんに何か言いわけしてるわよ」

「なるほど」

「他を当ってみるのね」

清美が行ってしまうと、亜由美は聡子と顔を見合せ、

「当ってるかも」

と言った。

「やっぱり亜由美のお母さんは凄《すご》いね」

「そうね……。ドン・ファン、どうしたの？」

ドン・ファンが亜由美の机に飛び乗って、何やらくわえて来た。

「ああ、これ……。あの記者の女性の名刺だ」

大津圭子からもらった名刺である。

「そうか。亜由美、その人に訊けば？」

「前野さんのこと？」

「あの手の人は、男女関係には詳しいと思うよ」

「それもそうね。——訊いてみるか」

名前にあったケータイ番号へかけてみると、いやにやかましい場所にいるらしく、

「よく聞こえないけど。ちょっと待って！」

と、怒鳴って、少し間が空き、「もしもし」

今度はややましだったが、それでも騒々しい。

「どこにいるんですか？」

と、亜由美が訊く。

「サッカー場。今、試合中で大騒ぎなの」

うるさいわけだ。

「実は、ちょっと伺いたいことが——」

何度かくり返し説明すると、

「ああ、なるほどね」

と、圭子は言った。「前野さんのことなら知ってるわ」

「そうですか」

「じゃあ……ここじゃやかましくてしょうがないから、他の所で待ち合せない？」

「お願いします」

――サッカーの試合が終った後、夜会うことにして、亜由美は通話を切った。

「〈S宝石店〉の近くよ」

と、亜由美は言った。「ついでに、ちょっと覗《のぞ》いてみようか」

「買物はしないよね」

「だって、もう一億円のティアラを買っちゃったもん」

と、亜由美は真顔で言った……。

建物自体が古いせいもあるのだろうが、〈S宝石店〉の入口は両側に太い円柱が立つ堂々たるものだった。

「――何だか入りにくいね」

と、聡子は言った。

「いいじゃない。いざとなったら、丸山社長にこの間のお礼を言いに来た、ってことにすれば」

ピアノ発表会のお土産は、大理石の置物だった。重いわけだ。

店内に入ると、亜由美は戸惑った。

人がいない。——商品の並ぶショーケースはあるのだが、店員が見当らない。

「どうかしたのかしら？」

と、聡子が言った。

「さあね……。でも、ちょっと無用心よね」

と言っていると、

「いらっしゃいませ！」

と、奥から急いで出て来たのは、売場主任の井上だった。「何をお探しで？」

「いえ、ちょっと……。先日お会いした塚川です」

「ああ！　これは失礼しました！」

井上は恐縮して、「うっかりしておりまして。——どうもメガネが古くて合わなくなっていて」

「お店の方、どうされたんですか？」

と、亜由美が訊くと、

「はあ。今、臨時の会議が。いや、空っぽになっているとは思いませんでした」

と、井上は曖昧《あいまい》に笑った。「何か——ご覧になりますか、イヤリングやネックレスなど……」

「いえ、今日は。近くへ来る用があったものですから、ちょっとどんな所か拝見したくて」

「そうですか。社長においでになったことを伝えましょうか」

「いえ、それには及びません。約束があるので、すぐ失礼しますから」

「そうですか。——しかし、せっかくですから」

「いえ、本当に」

結局、そのまま回れ右をして店を出て来てしまった。

「——何だかおかしいね」

と、外へ出て聡子が言った。「売場に店員が一人もいなくなるなんて」

「うん……。とても繁盛してるようには見えない」

亜由美も、割り切れない印象を抱いていた。

「ともかく、大津さんとの約束のお店に行こう」

二人は歩いて五分ほどのカフェに向った。

ガラス張りで、表の通りがよく見える。

少し早かったので、表が見える席で、大津圭子を待つことにした。

「コーヒー、おいしい」

と、亜由美は一口飲んでから、メニューの値段を見て、「——高い！」

と、ショックを受けている。

今日はドン・ファンはお留守番。当人（？）は不服そうだったが、仕方ない。

「もう時間だね」

と、聡子が表の方へ目をやる。

カフェの目の前に、ごく平凡なライトバンが停った。歩道を挟んだ向う側、車が停るには、ガードレールがあって、妙な位置だった。

見ていると、スライドドアが中から開き、そして、女が一人、車からガードレール越しに投げ出されたのだ。

「——亜由美！」

「うん」

二人は急いでカフェから飛び出した。

ライトバンはもう走り去ってしまっていた。

歩道に倒れた女を見て、通りすがりの人はふしぎそうだが、足を止める者はいない。

駆け寄って、亜由美はその女を抱き起こした。

「——大津さんだ」

「救急車？」

「うん、お願い！」

聡子がカフェへと戻って行く。

しかし——亜由美にも、おそらくもう手遅れだと分った。首に巻きついた太い紐《ひも》は、深く食い込んでいた。

殺された？——一体なぜ？

しかも、この時間にここへ放り出されたということは、亜由美と約束があったのを、犯人が承知していた証拠だ。

亜由美は、大津圭子をそっと横たえると、ケータイを取り出し、殿永部長刑事に連絡を入れた……。

「いやはや……」

殿永部長刑事は首を振って、「亜由美さんは全く……」

言われ慣れてはいるが、やはり亜由美はカチンと来てしまうのだった。

「いつも言い返してすみませんが」

と、亜由美は言った。「私が殺したわけじゃないんですけど」

「ああ、いや……もちろんです」

殿永は、足下にシートをかけられて横たわる大津圭子の死体を見下ろして、「私は、いつか亜由美さんが冷たくなって横たわるのをこうして見下ろすはめになりはしないかと思って、心配のあまり言ったんです」

亜由美は、ちょっと胸が熱くなって、

「すみません。また厄病神みたいに言われたのかと……」

「ひがみっぽくなってるのよ、亜由美は」

と、聡子が言った。

「いや、それは私自身にも係《かかわ》ることで」

と、殿永が言った。

「どういう意味？」

「もし、亜由美さんの身に万一のことがあったら、私はお母さんに殺されますよ」

「母が？」

「いつも言われてます。『あの子を危いことに引張り込む以上、命に換えてもあの子を守って下さいね』と」

「母がそんなことを？――すみません」

今度は恥ずかしくて赤くなり、「別に殿永さんが引張り込むわけじゃないですものね。

私が勝手に飛び込むだけで」

「いや、私としても、亜由美さんに万一のことがあれば、切腹する覚悟です。――お母さんに殺される前に……」

殺人現場でかわされる会話としては、少々真面目さを欠いていたかもしれない……。

亜由美の話を聞いて、

「すると、前野という人のことを訊《き》くので、大津圭子さんと会うことになっていたんですね?」

「そうです」

「その前野という人に会いに行きますか」

「そうですね。――木村みずえとの関係が今一つ分らなくて」

大津圭子の死体を運び出した後、亜由美たちは、前野からもらった名刺を見ながら、その勤め先へ向った。

「何してる会社?」

と、聡子が訊く。

「訊かなかった。木村さんが宝石店の人だからね、この〈ロイヤルゴールド商会〉ってのも同業じゃないの」

と、亜由美は言った。

「名前からいっても、そんな感じね」

しかし——名刺の住所を頼りに向った先で、亜由美たちは面食らうことになった。

「——ここ？　本当に？」

確かに、その店の入口には〈ロイヤル〉の文字が金色に輝いていた。しかし、そこは宝石商ではなかった。

「知らなかった」

と、聡子が言った。「こんな百円ショップがあるなんて」

そう狭くない店内だが、物で埋め尽くされている感じ。あらゆる雑貨や文具、台所用品などが棚をびっしりと占めている。

「宝石商と百円ショップの取り合せ？　ユニークね！」

と、亜由美は言った。「でも——前野さん、どこにいるんだろ？」

奥の方から、

「さあ、どうです！　この切れ味！　水でザッと流すだけで、錆《さ》びる心配は全くなし！

この包丁が何と九八円！」

上ずった声が聞こえている。

「もしかして……」

「うん、そんな気がする」

前野がエプロンをつけ、汗をかきながら、包丁の実演販売をしている。聞いているのはたった三人……。

前野は、亜由美たちに気付いたが、

「さあ、時間限定のサービス、九八円！　あと十分ですよ！」

と叫び続け、結局亜由美たちは十分間、待つことになった。

包丁はその間に一本だけ売れ、前野は汗をふきふきやって来ると、

「すみません、お待たせして」

「いえ、仕事のお邪魔して」

と、亜由美は言った。「ちょっとお話が」

「分りました。少し待って下さい。——一応店の責任者なので」

「お店閉ってから来ましょうか？」

「いや、大丈夫です」

前野はエプロンを外して、「少々お待ちを」

と、店の奥へ急いだ。

少しして、背広にネクタイの格好で戻って来ると、店の向いのコーヒーショップに亜由美たちを案内した。

「——刑事さんですか」

前野は殿永のことを聞いて、「木村みずえさんはまだ意識が戻らないとか……」

「そうなんです」

と、殿永は肯《うなず》いて、「どうも、何かの薬品の作用ではないかと……」

「彼女が？　まさか」

と、前野は目を丸くした。

「実はですね……」

と、亜由美が言った。「大津圭子さんと会うことになっていたんです」

「大津圭子……。ああ、記者ですね。どこかの」

と、前野は肯いて、「それが何か？」

「大津さん、殺されたんです」

前野はびっくりして亜由美の話を聞いていたが、

「私はずっと店にいましたよ」

「分ってます。あなたを疑ってるわけじゃありません。ただ、大津さんに伺うつもりだったことについて、あなたの話を聞きたいんです」

前野は肯いた。

「分りました。しかし――どうお話ししたらいいか……」

前野はゆっくりとコーヒーを飲むと言った。「およそつり合わない仲でした。私は百円ショップの店長、木村みずえは伝統のある宝石商の主任。──しかし、私はみずえさんを愛していました」

「お付合なさってたんですね？」

「ええ。この前は、はっきり言わず、すみません。隠しておく方が、みずえさんのためだろうと思って」

「みずえさんの方は？」

「彼女も、私のことを好いてくれていました。『宝石も百円の雑貨も、同じ商品よ』と言ってくれて……」

「それで？」

「ところが、あの〈S宝石店〉が危くなったんです。私はみずえさんから店の内情をときどき聞いていましたから、そうびっくりしませんでしたが、〈S宝石店〉の中は大変だったようです。中にいる人間が一番よく分っていたでしょう」

「で、みずえさんとは？」

「大津さんが話した、〈S宝石店〉が危かったとき、みずえさんも、デートどころでなく、何か月か全く連絡を取りませんでした」

と、前野は言った。「そして、落ちついたとき、みずえさんから言われたのです。『別れましょう』と……」

「え？　それじゃ、あなたがみずえさんを振ったんじゃないんですか？」

「違います。——みずえさんが意識を取り戻したら訊いてみて下さい」

前野がでたらめを言っているとは思えなかったが……。

「——なぜ別れてくれと言うのか訊きましたか？」

「もちろんです。『やっぱり百円ショップの店長はいやなのか』と訊きましたが、彼女は『そんなことじゃない。他に好きな方ができたの』と言いました」

「それは誰です？」

「さあ。——訊いても言いませんでした」

と、前野は首を振って、「それに、しつこく訊くのも未練がましくていやでしょう。いさぎよく諦《あきら》めることにしました」

「でも——ピアノ発表会で、あの〈S宝石店〉の丸山社長は、あなたがみずえさんを捨てたと思い込んでいる様子でしたね」

「そのようですね。まさか殴られるとは思っていませんでしたが……。みずえさんは、いつもあの丸山って社長のことを大切に思ってたようですからね」

「大切？」

「つまり、『うちは、みんなが社長のために働いてるの』というわけで……。それって少し変じゃないかと思っていましたが、みずえさんは心からそう思ってたらしいので、何も言いませんでした」

「心から大切に……」

亜由美は呟《つぶや》いて、「――それって、丸山社長のことが好きだったんじゃないんですか？」

「みずえさんがですか？　いや――どうなんでしょう？　しかし、彼女にとっては、丸山って人は『雲の上の存在』みたいでしたがね」

「あの程度の店で、『雲の上』ですか」

と、殿永は苦笑して、「どうやら、あの店の人たちは、みんな相当に浮世離れしていますね」

そのとき、前野のケータイが鳴った。

「失礼します。――もしもし、何だ？――え？――しょうがないな！　すぐ行くよ」

前野はケータイをしまって、「すみません。急いで店に戻らないと」

「どうぞ。何か問題でも？」

「客が値切ろうとして粘ってるそうで。百円ショップで値切る奴がいるとはね！　ではこれで」

前野は急いで出て行った……。

6　社員旅行

「いらっしゃいませ、丸山様！」

その温泉旅館の玄関を入ると、和服姿の女将《おかみ》が小走りにやって来て、「いつもありがとうございます！　お待ちしておりました」

「世話になるよ」

と、丸山が靴を脱いで上る。

「皆さま、お変りなく……」

「ああ。そうそう、木村君がちょっと具合悪くてね。来られないんだ」

「まあ、それは残念です。さ、どうぞ。いつものお部屋をご用意しております」

「うん。——さ、みんな上れよ」

丸山が促すと、主任の井上、秘書の七尾里香など、〈S宝石店〉の社員のほとんどが続いて靴を脱いだ。

檜《ひのき》造りのロビー。温泉旅館としては「超」の字のつく一流旅館である。

「——風呂《ふろ》は入れるね」

と、丸山が訊《き》く。

「もちろんでございます」

と、女将が自慢げに、「露天風呂を改装いたしましたので、ぜひお入りになって下さい」

「それは楽しみだ」

「では皆さまをお部屋へ」

女将は丸山を案内し、他にも番頭、仲居など、総出で出迎えている。

七尾里香は最後に上ると、

「今夜のお料理のこと、打合せたいんですけど」

と、声をかけた。

「はい。三十分ほどしましたら、料理長の体が空きます」

「じゃ、呼んで下さい」

「かしこまりました」

「私の部屋は――」

「はい、お一人様で、丸山様のお近くになっております」

「ありがとうございます。あ、いいですよ、自分で運びます」

「いえ、とんでもない！」

そこへ、

「あら、こんな所で」

と、声がした。

「――まあ、塚川さん」

亜由美と聡子が浴衣《ゆかた》姿でやって来たのだ。

「七尾さん、お一人？」

「いえ、〈S宝石店〉の社員旅行なんです」

「まあ、そうですか。じゃ、丸山さんもご一緒？」

「ええ、もちろん」

「今、一風呂浴びて来ました。いいお湯ですよ」

と、亜由美は言った。

「私も食事の前に入ろうと思ってますわ」

と、里香は会釈して行きかけた。

「七尾さん、奥様たちを置いて行っちゃ」

「え？」

振り返った里香は、丸山加奈子と娘の愛がタクシーを降りて玄関から入って来るのを見て目をみはった。

「奥様！」

「黙って来ちゃった」

と、加奈子は微笑んで、「この子も『温泉に入りたい』って言うもんだから」

「そうですか……」

「仕事の邪魔だった？　おとなしくしてるわ」

「いえ、とんでもない！　すぐ社長をお呼びします」

里香が自分のバッグを手に、急いで行ってしまうと、加奈子と愛はロビーのソファに身を沈めた。

「ママ、ワンちゃんがいる！」

と、愛が声を上げた。「可愛い！」

「ドン・ファン！　そんな所にいたの」

と、亜由美がやって来る。

「あら、あなたは……」

と、加奈子が目を見開いて、「木村さんを助けて下さった――」

「塚川亜由美です。そのダックスフント、うちの犬なんです」

「可愛いね！」

と、愛がドン・ファンのつややかな胴をなでる。

「可愛い女の子が大好きなのよ、その犬。気を付けてね」

と、亜由美は言った。「――木村さんの具合はいかがですか？」

「ええ……。体の方はもう回復してるらしいんですけど、ショックか何かで記憶が戻らないようです」

「そうですか。でも、きっと時間がたてば――」

「ええ、そうであってほしいですわ」

加奈子が肯《うなず》く。

そこへ、丸山がやって来た。

「加奈子。どうしたんだ？」

「愛が、パパと一緒に温泉に入りたいって言うのよ」

「違うよ」

と、愛はふくれて、「愛はもう十歳だよ。パパとなんか入れない」

「おやおや」

丸山は笑って、「よし、じゃパパはママと入ろう」

「ずるい！　私がママと入るの」

丸山は愛を抱き上げたりして、いやがられている。

その間に、亜由美たちはドン・ファンを連れてロビーを離れた。

――部屋へ入ると、ケータイを取り出して、

「——もしもし」

「殿永です」

「今、旅館にいます。〈S宝石店〉の一行もさっき着きました」

「そうですか」

「丸山社長の奥さんと娘さんも後から。丸山さんも七尾さんもびっくりしていました」

「なるほど」

「木村みずえさん以外は、ほとんど来ているようですよ。食事は、中の宴会場でとるようです。どうします？」

と、亜由美が訊くと、

「そうですね……」

と、殿永はなぜだか口ごもり、「直接ご相談しましょう」

「直接？」

亜由美たちの部屋のドアが開いて、

「お邪魔します」

亜由美たちは、のっそりと入って来た殿永を見て呆気《あっけ》に取られた。

「どうも……」

しかも殿永、浴衣姿である。

「殿永さん！　いつ、ここへ？」

「お二人が大浴場に行っておられる間に」

「それにしたって……」

「実は連れが」

「連れ？」

ドアが開いて、何と母の清美が入って来たのだ。

「お母さん！」

「心配いらないわ」

と、清美は言った。

「心配？」

「殿永さんとは、ちゃんと別に部屋を取ったから」

「当り前でしょ。だけど――」

「お父さんにもちゃんと話したわ。電話でね。でも、一泊いくらか知ったら、お父さん、腰抜かすかも」

「どうも、公費で払うというわけにもいきませんので」

と、殿永が恐縮している。

「ま、いいですけど、たまには」

亜由美たちのこの部屋も、決して安くないが、それは一応塚川家でもつことになっている。

「それにしても、さすが高級旅館ね」

と、清美が言った。「タオルは使い放題だし、ふっくらしてて……」

「丸山社長の部屋は一番広いみたい」

「高いでしょう。それに、料理、飲物……。全員の分でいくらになるか、分りませんね」

「よくそんなお金が……」

「どういうことか、調べてみる必要はありますね」

と、殿永は肯いた。

「それと――」

「もちろん、分っています」

「丸山加奈子と娘の愛がやって来て、色々予定が狂ったんじゃないでしょうか」

と、亜由美は言った。

そのとき、廊下で、

「おい！　俺の部屋はどこだ！」

と、大きな声が響いた。「さっぱり分らねえ！　迷子になっちまうぞ」

亜由美は首をかしげて、

と、立って行くと、そっとドアを細く開けて覗《のぞ》いた。

「お客様！　ご案内申し上げますので、お待ちを！」

旅館の人間があわててやって来る。

「何だ、案内してくれんのか？　そうならそうと早く言え」

そこへ、

「大声出さないで」

と、やって来たのは、七尾里香だった。「ここは一流の旅館だから」

「旅館は旅館だろ。――な、後で一緒に風呂《ふろ》へ入ろう」

芝雄一は里香の肩を抱こうとして、

「だめよ。――ともかく、今は部屋へ入っておとなしくしてて」

と、押し戻されている。

「分った。飯は？」

と、芝は不服そうに言った。

「後で部屋へ運ばせるわ。私は会社の宴会で食べるから」

「そうか……。ま、しょうがねえ」

「宴会が終れば、飲む人は旅館を出て外へ飲みに行くわ。遅くまで起きてられる？」

「あの声……」

「少々飲んだくらいで、酔っ払う俺だと思ってるのか？」

と、芝は笑って、「よし！　早速ひと風呂浴びよう」

「うちの人たちに話しかけたりしないでね」

と、里香は言った。「さ、部屋へ案内してもらって。後で連絡するわ」

「分った。じゃ、今夜遅くだな。約束だぜ」

「ええ」

里香は肯くと、旅館の人間に、「お願いします」

と、声をかけた。

芝と里香が行ってしまうと、

「――呆《あき》れた」

亜由美は廊下へ出て、「いつの間に、あの芝って人……」

「木村みずえの幼なじみと言っていた男ですな」

と、殿永も出て来て、「どうやら都会の毒に染ったようだ」

「がっかりだわ。みずえさんが知ったらどう思うでしょうね」

「しかし、何しにここへやって来たんでしょうね？」

と、殿永は首をかしげた……。

7　訪問者

病室のドアが静かに開いた。

個室の中は、少し薄暗くて、静かだった。

入って来た男は、そっと奥のベッドへと近付いて、患者の顔を覗き込むようにした。

患者が目を開けたので、男はちょっとギクリとした様子だった。

「井上さん……」

と、木村みずえは言った。

「うん……。どうだい、具合は?」

と、主任の井上忠男は言った。

「疲れたわ。——何も思い出せないふりをするのは大変」

「分るよ。社長も心配されてる」

「申し訳ないわ。もっと簡単にすむと思ってた……」

「いや、木村さんは〈S宝石店〉のために、尽くしてくれた」

と、井上は言った。「今日は社員旅行なんだ」

「ああ、そうだったっけ」

と、みずえは微笑んで、「みんな楽しんでる？」

「ああ。いつもの旅館で、いつも通りににぎやかにやってるよ」

「井上さんはどうしてここに？」

「宴会を途中で抜けて来た。社員は、僕がずっと宴会に出てたと証言してくれるだろう」

「そう……。でも、どうやって？」

「屋上へ出るドアの鍵《かぎ》を手に入れたよ」

と、井上は言った。「歩けるかい？」

「何とかね……。でも、一人じゃ屋上の金網を乗り越えられない」

「分った。手伝うよ」

「見られないようにしてね」

「起きられるか？」

みずえはゆっくりとベッドに起き上ると、パジャマ姿で床に立った。

「肩につかまって」

と、井上が言った。

病室のドアをそっと開け、廊下を覗くと、

「今は誰もいない。大丈夫だ」

と、井上は言って、みずえを支えて廊下へ出ると、エレベーターの方へと急いだ。

屋上の〈R〉を押して、息をつく。みずえはめまいがして、井上につかまった。

細身の井上は、ちょっとよろけながら何とかみずえを支えた。

エレベーターが〈R〉に着くのが、遅く感じられただろう。

「やれやれ、やっとだ。——歩けるかい？」

「何とか……」

エレベーターを出ると、井上が鍵を取り出し、みずえを支えながら、何とか屋上へ出るドアの鍵を開けた。

「さ、しっかりして。——そうだ」

屋上はひっそりと静まり返っている。

手すりは腰の辺りだが、その外側に金網が張ってあり、頭より高い。

「あれを越えられるかしら……」

「何とかするよ」

金網へ辿《たど》り着くと、みずえを手すりにつかまらせて、井上は駆け出した。

抱えて来たのは、折りたたみの椅子。

「さ、これで……。ここにのって、金網を越えるんだ」

「じゃ……つかまらせて」

「うん」

　みずえが何とか椅子の上に上ると、金網に取りついて、

「下から押して……」

「うん。──何とか頑張るんだ！」

「社長さんに……よろしく」

「分った」

　井上が必死でみずえの体を押し上げる。

　そのとき──風が吹いて来た。

　風は金網の上に顔を出していたみずえを包んだ。

「風だわ……」

「え？」

「風が……ひんやりする」

「うん、それが？」

　みずえは目を見開いて、自分がこれから落下しようとしている高さを見つめた。

「──いやだ！」

「みずえさん……」

「死ぬのはいや！　私──まだ死にたくない！」

と、みずえは叫んだ。

「今さら何を――。しっかりするんだ！」

と、井上は何とかみずえを押し上げようとしたが、

「いやよ！」

みずえが上にのしかかって来ると、井上はとても持ちこたえられず、折り重なって倒れてしまった。

「重い！　ちょっと――どいてくれ！」

と、もがいていると、

「何してるんです！」

と、懐中電灯の光が二人を捉《とら》えた。

「助けて！　殺される！」

と、みずえが起き上ると、ヨロヨロと歩き出した。

やって来たのは、かなりどっしりした体つきの看護師だった。井上はあわてて立ち上ると、

「違うんだ！　この人は混乱してて――」

と言いわけしかけたが、「えい！」

と、みずえを突き飛ばして転した。

と、

「何するの！」

と、看護師が怒鳴った。

「うるさい！　どけ！」

井上は看護師も突き飛ばして逃げようとした。

しかし、看護師は左手に懐中電灯を持ったまま、駆けて来た井上の手首を右手でつかむ

「ヤアッ！」

という気合と共に、井上を一回転させた。

井上の体は一瞬宙に浮き、コンクリートの上に叩《たた》きつけられ、井上は気絶してしまった。

「全く……。大丈夫ですか？」

と、みずえを助け起こす。

「ありがとう……。私、一体どうしちゃったのかしら」

と、みずえは頭を抱えて、「自分じゃなかったみたい。ずっとずっと眠り続けてたようで……」

「もう大丈夫。本当にぐっすり眠れますよ」

看護師はポケットからケータイを取り出して、ガードマンへ連絡し、屋上でのびている井上を捕まえておくように言った。

そして、みずえを病室に戻し、廊下へ出ると、またケータイを取り出し、

「――あ、もしもし。どうも」

「どうした？」

「はい、おっしゃった通りで。木村みずえさんは無事です。井上って男はのびてます……」


九時ちょうどに、宴会は終った。

「みんな、後はめいめいで楽しんでくれ」

と、丸山が言った。「この旅館にちゃんと帰って来るのを忘れるなよ」

社員たちの間に拍手が起り、みんなそれぞれに宴会場を出て行く。

「お疲れさまです」

と、里香が丸山に言った。

「うん。加奈子と愛は――」

「お部屋で召し上っておいでです。宴会の料理は、愛ちゃんには向かないでしょう」

「ありがとう」

丸山はウーンと伸びをして、「さ、僕も温泉に浸《つか》ろう」

「ごゆっくり。何でしたら〈家族風呂《ぶろ》〉に三人でお入りになったら」

「愛の奴、もう僕とはいやだとさ。——ま、一人でのんびり浸るよ」

「はい。では明朝。朝食は下の食堂ですから」

「分った。起こしに来てくれ」

「承知しました」

丸山と里香は前後に宴会場を出た。

「もう三回目よ、この温泉」

と、浴衣《ゆかた》姿の女が三人連れで、大浴場へ向っていた。

「私も、一旦《いったん》部屋へ戻ってから、大浴場へ」

と、里香が言った。「おやすみなさい」

「ああ、おやすみ」

丸山は少し酔って、いささかふらつきながら、部屋へ戻った。

「あなた。早かったわね」

と、加奈子が言った。

「愛は？」

「もう眠ってるわ」

「そうか。じゃ、温泉に浸って来たらどうだ？　今、七尾君も行くと言ってた」

「私は、食事の前に入って来たから、もう充分。あなた、入ってらっしゃいよ」

「ああ。――そうするか」

「酔って溺《おぼ》れないでね」

「平気さ。大して飲んじゃいない」

「怪しいもんね」

　と、加奈子は笑った。

　丸山が大浴場へ出かけて行くと、加奈子はケータイを取り出して、七尾里香へかけた。

「今、主人がお風呂に入りに行ったわ。そっちは？」

「ご心配なく。予定通り運んでいます」

　と、里香は言った。

「ならいいけど……。くれぐれも用心してね」

「もちろんです」

「あの、木村さんを助けた女子大生が来てたでしょう」

「偶然だとは思いますが、見張るようにします」

　と、里香は言って、「ただ……」

　と、口ごもった。

「どうしたの？」

「井上さんと連絡が取れないんです」

「まあ。——何かあったのかしら?」

「間違いはないと思いますが……。奥様はゆっくり寛《くつろ》いでおられて下さい」

「よろしく頼むわ」

通話を切ると、加奈子は手にしたケータイを見下ろして、フッとため息をついた……。


「ああ、いいお湯だったわね」

「本当! いつ来ても、この温泉は最高だわ」

ベテランOLといった感じの三人の女性客は、大浴場の脱衣所で話していた。

浴衣を着ていると、里香たち、〈S宝石店〉の女性社員が数人、入って来た。

里香たちが服を脱いで浴場へ入って行くと、三人組の女性たちは、

「じゃ、ロビーで少し涼みましょうか」

と言った。

そして、タオルでくるんだ紙包みを、里香の脱いだ服のカゴの上にヒョイとのせると、揃って出て行った。

里香が、すぐに出て来た。中にいる他の社員へ、

「いいのよ、ゆっくり入ってて。私がうっかり忘れてたんだから。私はまた後でのんびり入るから」

と言っておいて、急いで服を着る。

タオルの包みを、大きめのバスタオルで更にくるんで、小脇に抱え、廊下へ出た。

足早にロビーを横切ろうとすると——。

目の前に、ダックスフントがいた。行く手を遮るように、真中にいて、じっと里香を見ている。

「邪魔よ。相手してる暇、ないの」

と、よけて通ろうとすると、犬が激しく吠《ほ》え立てた。

そして、パッと飛び上ると、里香の手からバスタオルでくるんだものを叩き落としたのである。

「何するの！」

里香があわてて拾おうとすると、犬が中の紙包みをくわえて走って行く。

「ちょっと！　待って！」

後を追おうとした里香は立ちすくんだ。

「利口なワンちゃんでしてね」

紙包みを手に取ったのは殿永だった。

「ドン・ファン、よくやった」

亜由美が出て来て、「七尾さん、井上さんはしくじりましたよ」

「え?」

「元警官だった看護師がいましてね、見張らせておいたのです。木村みずえさんも、薬の効果が切れたようで、真実を話すと言っています」

里香は青ざめたが、

「何のお話か……」

「言い逃れはできませんよ」

と、亜由美は言った。「その包みの中身を調べれば分ることです」

里香が息をついて、

「どうして……」

「前から目をつけられていたんですよ、この三人は」

殿永が振り向くと、さっきの三人の女が、手錠をかけられて、いまいましげに殿永をにらんでいた。

「――分ったわ」

里香は肯いた。「言い逃れはできそうもないわね」

「待って下さい」

と、声がした。

加奈子がやって来た。

「奥様……。申し訳ありません」

「いいえ、悪いのは私たち夫婦です」

と、加奈子が言った。「まさか、こんなことになるとは……。一度、麻薬の取引に手を染めると、あまりに簡単にお金が儲《もう》かるので、つい二度三度と……」

「すべては社長さんのためでした」

と、里香が言った。

「店がだめになったとき」

と、加奈子は言った。「夫は心を病んでしまいました。——あの恐ろしい日々。家は暗闇に閉ざされたようでした。夫には、店を立て直す力はない。それで、何とか他の仕事を、と……」

「以前に、盗品のダイヤのことで、悪い連中とつながりができていて、相談すると、『それなら麻薬が一番だ』と言われ……」

「とんでもないことを」

と、亜由美が言った。

「分っていました。でも、今どき、昔のお得意先に頼る商売は成り立ちません。——夫にとっては、店がすべて。そんな夫を、みんな愛してくれて」

「そうなんです」

と、里香は言った。「社長は何も知りません。ただ、商売がうまくいっていると信じておいでで」

「なぜ、みずえさんはあんなことに？」

「彼女は、良心に責められ、いつ麻薬のことを告白するか分りませんでした。それで、社長がみずえさんを愛していて、結婚したいと思っておいでと信じ込ませ、口をつぐんでいてもらおうと」

「すぐ分ってしまうのに」

「ええ。——結婚の話が嘘と知って、涙にくれているみずえさんを、麻薬で……」

「ひどいことをしましたね」

「自分で飛び下りて死ぬと暗示をかけたんです」

「それはもう解けましたよ」

「ええ……。でも、良かった」

と、里香は肯いて、「私も、みずえさんを殺したくなかった。でも今のままでは、きっといつか自分に戻るだろうと井上さんが……」

「大津さんをなぜ殺したんです？」

「あの人は、記者として、方々かぎ回っていたんです。うちの店が、どうしてやっていけているのか、ふしぎがっていました。あなたと会うことになって、大津さんは私たちへ連絡して来たんです。——まずいことをしゃべってほしくなければ、お金を出せと言って……」

「殺人は大罪ですぞ」

と、殿永が言った。「麻薬のことを知っていたのは？」

「社長以外、全員です」

と、里香は言った。「みんな、社長が好きでした。社長の嬉《うれ》しそうな顔を見るのが、みんなの喜びでした……」

「やれやれ」

と、殿永は言った。「どうして本当のことを言ってあげなかったんです？」

「社長は、事実を受け止められない人です」

そのとき、

「愛ちゃん！」

と、加奈子が叫んだ。

愛が手にナイフを持って、立っていた。血がついている。

「パパを殺そうとしたんだ」

と、愛は言った。「だから刺してやった」

丸山がフラッとやって来て、

「加奈子……。七尾君……」

「あなた」

「芝って男が突然、僕の首を……」

「大津さんを殺したのも、芝さん？」

「ええ」

と、里香が肯く。「私の言うなりでした。もし、私たちが捕まったら、社長を殺して、と言ってありました」

「僕は……みんなを不幸にしてたんだな」

と、丸山は加奈子を抱きしめた。

「パパ」

愛が、丸山にすがって、「どんなに辛《つら》くても、生きててよ！」

と言った。

その言葉が、加奈子も、里香も泣かせた。

「――生きていれば希望があるんですよ」

と言ったのは、清美だった。「亜由美の逞《たくま》しさを見ならいなさい」

「お母さん、それってどういうこと？」

「ワン！」

と、ドン・ファンが吠える。

そのタイミングが絶妙で、加奈子と里香は涙顔で笑い出した。

「――さあ、ゆっくり話を聞きましょう」

と、殿永は言った。

「あの……」

と、里香が言った。「すみません。塚川さんに謝っておくことが」

「他に何か？」

「井上さんが、お送りしてしまったんです」

「何をですか？」

「木村さんとご契約いただいた、一億円の宝石の請求書です」

亜由美と清美は顔を見合せた。

「――亜由美、すぐお父さんに電話して」

と、清美が言った。「今ごろ気絶してるかもしれないわ」

「ワン！」

ドン・ファンの「同感！」という一声に、みんなが大笑いした。

――妙な逮捕風景だった。

花嫁は今日も舞う

1　引退

「幕、開きます」

と、声があった。

咲子《さきこ》は大きく息を吸い込んだ。

さあ。——最後の舞台だ。

「いよいよね」

と、声がした。

「先生……」

と、咲子は言った。「すみません」

花山《はなやま》しのぶは、ひと言、

「どうしても？」

とだけ言った。

「もう決心したんです」

「分ったわ」

と、花山しのぶは肯《うなず》いて、愛弟子《まな》の肩にそっと手を置いた。「しっかりね」

「はい」

オーケストラピットで音楽が始まり、幕が開く。

バレエ〈ジゼル〉が始まったのである。

——高井《たかい》咲子は、主役のジゼル。

このバレエ団のトッププリマである。

しかし、このステージを最後に引退を決めている。バレエ団の主宰者、花山しのぶは引きとめたが、咲子の決心は揺がなかった……。

じき、ジゼルの出だ。

咲子は家のセットの中へ入って、ドアの前に立った。ここを開けて出て行く。

その瞬間に、観客の心をつかむ。それができるのは、ごく限られたバレリーナだけである。

咲子にはそういう「華やかさ」があった。もちろん、持って生まれたものもあるが、輝かせるのは日々の修練である。

「さあ!」

と、自分へ言い聞かせる。「あなたはジゼルよ。恋する村娘。踊ることの大好きな、純情な娘」

今、咲子にはジゼルと共通していることがあった。――恋をしていたのだ。

その恋の相手は、仕事で海外へ行く。

「お願いだ。一緒に来てくれ」

と言われて、咲子はためらうことなくバレリーナとしてのキャリアを捨てる決心をした……。

ここまで育ててくれた花山しのぶに対して申し訳ないと思わないではなかったが、二十《はた》歳《ち》のころから咲子はこのバレエ団のプリマとして、ほとんどの公演の主役を踊って来た。

そして今、三十四歳。

充分に踊って来た。正直、少し疲れてもいた……。

出番だ！

大きく息を吸い込むと、咲子はドアをパッと開けて、ステージへ出て行った。

客席から拍手が湧き上る。ライトを浴び、拍手に包まれて軽やかに舞う、この瞬間はすばらしかった。

でも、それも今日で終りだ……。

――体が弱く、踊ることを禁じられているジゼル。でも、恋しい人と会って、ほんの少しだけ、と母にせがんで許しを得る。

ジゼルのソロ。

まるで地上でそこだけが重力を失っているかのような、軽やかな踊り。──客席ではため息が洩《も》れる。

そう。今日はいつも以上にみごとに踊れている。──私って、こんなに上手だった？

羨望《せんぼう》の眼差《まなざ》しで見ている後輩たち。

憧《あこが》れてるだけじゃ、上手《うま》くならないのよ！　練習、練習、練習！

すべては練習にどれだけ打ち込むかにかかっている。

ジゼルは自分の家の前でピタリと踊り納める。満場の拍手。

その拍手で、「危い！」という声がかき消された。

咲子は全く分らなかった。背後にある家のセットが自分の上に倒れて来るのが。

突然ステージに叩《たた》きつけられ、目の前が真っ暗になった。

「咲子さん！」

「先輩！」

という声が遠くに聞こえ、咲子は意識を失った……。

ぼんやりした意識の中、

「踊って！」

という声が、こだまのようにくり返し聞こえて来た。

踊ってるわ、私！　ねえ、先生。そうでしょ？

「さあ、もっと踊って！」

もっと？　私、もう充分に踊ったわ。

そうよね？　踊り疲れて眠っているのかしら。それにしても体が重い……。

目を開くと、ぼやっとした人の顔が見えて来た。

「やあ、気が付いたね」

「咲子ちゃん！」

見たことのない男性が覗《のぞ》き込んでいた。

と、次に見えたのは、見慣れた「先生」だった。

「先生……」

「咲子ちゃん。──痛む？」

「え？」

「ごめんなさい！　あんな事故が……」

事故？　──咲子はやっと思い出した。

〈ジゼル〉を踊っていて、突然倒れたのだ。

「先生……。何があったんですか？」

「憶《おぼ》えてないの？」

セットの下敷きになった。——脚が折れた。そしてここへ入院……。

「担当の仲井《なかい》だよ。こういう字を書く」

白衣のその男性は胸の名札を見せた。「君の舞台は何度も見たよ。バレエファンでね」

「どうも……」

咲子はかすかに微笑んで、「花山先生……。〈ジゼル〉はどうなったんですか?」

と訊《き》いた。

「公演中止よ。あなたが踊らなきゃ、みんな見てくれないわ」

「すみません……」

「あなたが謝ることないわ。大道具の人を取り調べてるわ、警察の人が」

「まあ……」

でも、骨折くらい、バレリーナとしては珍しいことではない。咲子は仲井医師へ、

「私、いつごろまた踊れるようになりますか?」

と訊いた。

仲井はチラッと花山しのぶの方を見て、

「それはまた、もっと良くなったら話そうね」

と言った。

そして、仲井医師は付け加えて言った。

「ああ、それからお腹の子は大丈夫だよ」

咲子は何を言われているのか、しばらく分らなかったが……。

「私……妊娠してるんですか？」

「知らなかったのかい？」

「それって……」

と言ったきり、言葉が出ない。

「咲子ちゃん……」

「先生。すみません。私の手帳を……。彼に電話して、知らせて下さい」

「ええ、分ったわ」

と、しのぶが肯く。

でも——こんな状態で、彼について行けるだろうか？

彼の子を宿しているのだから、ついて行かなくては……。

咲子は、骨折の苦しみと、身ごもった喜びとで引き裂かれているような気分だった。

それでも、どこか理由の分らない不安が咲子の内には淀《よど》んでいたのだ……。

「さあ、痛み止めを点滴に入れるから」

と、仲井医師が言った。「少し眠るんだ。体を休めないとね」

「はい……」

少し頭がボーッとして来て、眠るんだ、と思った。

そう。今はただ……眠ること。

じき、咲子は眠りに落ちて、夢も見なかった。


「あ、今日受付のバイトで来ました」

と、亜由美《あゆみ》は言った。

待っていたのは、スーツ姿の、上品な女性だった。五十代だろうか、髪は少し白くなっているが、どこか顔立ちに華やかさがある。

「塚川《つかがわ》亜由美です。これは神田《かんだ》聡子《さとこ》」

「よろしく。私は仲井咲子。今日の花山先生の会の幹事なの」

「受付のテーブルはそこでいいんですか？」

「ええ。お二人だけじゃ、招待客のお顔が分らないでしょ。よく知ってる者を一人出すから、並んで立っていて」

「分りました。出欠のチェックは……」

「リストや道具、スピーチしていただく方用のお花とか、一揃い持ってバレエ団の事務の人が来ますから。――パーティは六時半から。今、三時ね。まだ時間があるわ。四時にここにいてくれれば」

「大丈夫です。この辺にいますから」

「亜由美さん、名探偵なんですって？　紹介して下さった方が言ってたわ」

「別にそういうわけじゃ……」

と、亜由美は照れて、「ただ、何かと事件に巻き込まれることが多くて」

「今日は何も起らないと思うわ」

と、咲子は微笑んで、「でないと困る」

「花山さんって、〈花山バレエ団〉の……」

「そうよ。私も、若いころずっとお世話になっていたの」

「――ああ！」

と、亜由美は言った。「母がバレエ好きで、あの――咲子さんって、バレリーナで……」

「昔ね。けがして引退したの」

と、咲子は言った。「もう二十年も前の話だわ」

「そうですか。母が若いころ拝見したことがあると言っていました」

引退したとはいえ、今もどこか「スター」の華やかさが感じられるのは、端整な顔立ちのせいばかりではなかった。

「じゃ、よろしく。中を見て来ますから」

と、咲子は二人に言って、会場の中へと入って行った。

亜由美は、咲子が軽く左足を引きずっているのに気付いた。

「そのけがのせい？」

と、聡子が言った。

「たぶんね。凄《すご》く人気があったそうよ」

「亜由美のお母さん、バレエファンだったなんて知らなかった」

「私もよ。ゆうベネットで〈花山バレエ団〉のこと調べてたら、覗きに来て、『あら、そのバレエ団なら、若いころよく見に行ってたわ』って……」

「へえ」

「ドン・ファンも、ふしぎそうにしてたわよ」

ドン・ファンは、塚川家の主《ぬし》の如く居座っているダックスフント。

「さ、今の内に何か食べとく？」

と、亜由美は言った。「四時って言われたけど、三時半には来てよう」

「うん。じゃ、すぐそこのラウンジで」

二人が受付のテーブルを離れようとしていると、急ぎ足でやって来た若い娘が、

「あの、ごめんなさい」

と、声をかけて来た。「もしかして、母が来なかった？　仲井咲子」

「ああ、今この中においでですよ」

と、亜由美は会場の方へ目をやった。

「お嬢さんですか。バレエ、やってるんですね」

「ありがとう」

「駆け出しよ」

と言って、会場の中へ入って行く。

「――確かに似てる。可愛いね」

と、聡子が言った。

「あの髪型とか、着てるものとか、バレエやってる子独特だわ」

亜由美はそう言って、「さ、行こう」

髪は長く伸して、ただ束ねているだけ。服は普段でもどこかドレス風のレース飾りなどが付いていることが多いのである。

二人はラウンジに入って、サンドイッチとコーヒーを頼んだが――。

「あれ？」

と、聡子が他のテーブルに目をとめて、「あれ、江川《えがわ》君じゃない？」

亜由美は振り向いて、

「あ、本当だ」

同じ大学の江川久士《ひさし》だった。色白で優しげな若者。イギリスに留学していた子だ。

少し離れているので、亜由美たちのことには全く気付いていない。

何だかソワソワしているのは、「彼女」を待っているのかもしれない。

「そっとしとこう」

と、二人で肯《うなず》き合って、運ばれて来たサンドイッチをつまむ。

少しして、二人はもっと驚くことになった。

ラウンジに、さっきの少女――仲井咲子の娘が入って来た。さらに続いて、母親の方も。

そしてその母娘《おやこ》は何と江川のテーブルへと向ったのである……。

「――江川さん、母よ」

「あ……。どうも。江川久士です」

と、あわてて立って頭を下げる。

母娘は席についた。

「亜也《あや》。――どうして急に？」

と、母、咲子が言った。「こんなに忙しい日でなくたって良かったでしょ」

咲子が苛立《いらだ》っている。

「どうして今日じゃいけないの？」

亜也が言い返した。「お母さん、なかなか時間取ってくれないじゃないの」

「仕方ないでしょ、今日の準備で忙しかったんだから」

「ともかく――」

と、亜也は胸を張って、「私はこの人を愛してるの。承知しておいてね」

「亜也……。どういう意味?」

「言った通りよ。江川さんのお宅はレストランチェーンを経営してるの。イギリスに店がいくつもあって、江川さんは大学出たらいずれイギリスに行くことになってる」

咲子はじっと娘を見つめて、

「亜也……。あなた、まさか――」

「そうなれば、私もイギリスに行くわ。一緒じゃなくても、少なくとも一年以内には」

「待ってよ、亜也。――江川さんだったわね。外してちょうだい。娘と二人だけで話したいの」

「はあ……」

と、腰を浮かす江川に、

「立つことないわ」

と、亜也が言った。「座ってて。別に彼に内緒にする必要ないでしょ」

「こんな重大なことを――」

「重大なことだから、今日紹介してるの」

――母と娘のやりとりを聞いていた亜由美は、

「初めっから喧嘩腰《けんかごし》ね」

「きっといつもボーイフレンドにうるさいのよ」

と、聡子が肯いて、「分るわ、その気持」

「どうして聡子が？」

「分っちゃいけないの？」

「いいけどさ……。向うの話を聞こうよ」

江川は結局自ら立って、

「僕はロビーにいるよ。――失礼します」

と言うと、ラウンジから出て行った。

ウエイトレスがやって来たが、

「すぐ行くから、私は何もいりません」

と、咲子はウエイトレスに断った。

「私はカフェオレを」

と、娘の亜也はオーダーして、「何か頼まないと失礼よ、お母さん」

「私は会場へ戻らなきゃ」

咲子は持って来てくれた水を一口飲むと、

「亜也。――あなた、バレエを捨てるの？」

「彼の方が大事」

「だけど……。そりゃあ、恋をするのはいいことよ。でも、自分の年齢を考えて。あなたはまだ十八なのよ。結婚なんて早過ぎるでしょ」

「結婚できる年齢よ。それに、江川さんがイギリスへ行ったら、そう何年も待っててくれないわ」

「亜也……。あなたには才能がある。これから花開くのに……」

「お母さんの満足のために、私は恋も諦《あきら》めて踊り続けなきゃいけないの？」

「そうは言わないわ。あなたの人生だから、あなたが決めていい」

「だったら――」

「でもね、一旦《いったん》やめてしまったら、プロとして戻るのはもう無理よ。よく考えて。これまでのレッスンに費した日々のことを」

「全部がむだだったとしたら？」

咲子が表情をこわばらせて、

「本気でそう言ってるの？」

「お母さんが、どうしても江川さんを諦めろって言うのなら、私はバレエもやめるわ」

「そんなこと……。何も今ここで決めなくても」

「ええ、私もそんなつもりはないわ。でも、江川さんのことは諦めない。それは承知していてね」

　咲子はまじまじと娘を見ていたが、

「――また話しましょう」

　と、立ち上った。「パーティでは、そんな話をしないでね」

「私だって、そんなに非常識じゃないわ」

　咲子は黙ってそのままラウンジを出て行った。

　ウエイトレスがカフェオレを持って来ると、亜也は、

「あっちのテーブルに」

　と言って、何と亜由美たちの方へやって来たのである。

「いいですか？」

「どうぞ」

　と、亜由美は言った。「サンドイッチ、つまみません？」

「ありがとう。――いただきます。お腹空《す》いちゃった」

　と、一切れつまんでカフェオレを飲むと、

「聞こえちゃったでしょ？」

「静かだから、ここ」

「母は、事故で足首を骨折してバレエを諦めたの」

と、亜也は言った。「そのとき、母のお腹には私がいた……。でも、相手の男は母を捨てたのよ」

「じゃ、今は……」

「母は、けがの治療をしてくれた外科医と結婚したの。仲井典行《のりゆき》。それが今の父」

「そういう事情だったの」

「花山しのぶ先生は七十歳。――私がバレエ団のホープだと思って、期待をかけてる。その気持は分るけど……」

と、亜也は厳しい表情になって、「バレエのために、他のすべてを諦めるなんていや。そんな時代じゃないでしょ」

「分るけど……」

「私、自分の才能ってものを信じられないの」

と、亜也は言った。「母はああ言うけど、私は自分の才能に限界があるって感じてるの……」

「そこまでは分らないけど……」

と、亜由美は言った。「後で悔まないように、よく考えた方が」

「あ、江川さん。――こっち！」

江川がやって来て、

「あれ？　塚川さんと神田さん？」

と、二人を見て目を丸くした……。

2　波乱の予感

「いらっしゃいませ」

亜由美が受付で言うと、

「バレエ評論家の山形《やまがた》先生」

と、隣に立っている水上弥生《みなかみやよい》が言った。

「こちらですね。——どうぞこれを」

〈花山しのぶ七十年のあゆみ〉というパンフレットを聡子が手渡す。

「そろそろみえ始めましたね」

と、亜由美は言った。

「そうね。でも、大部分の人は五分前にドッとみえるわ。そのときは大変よ」

水上弥生はスラリとした、いかにもバレエ体型の女性で、亜由美たちの受付をサポートしている。

仲井咲子はずっと中で駆け回り、娘の亜也はまだ江川と二人でいるらしい。

「私、今の内にちょっとお化粧室に」

と、亜由美は受付を離れて、ロビーの奥の化粧室へと向った。

そして、出て来たところで、危うく誰かとぶつかりそうになって、

「あ、ごめんなさい！」

と言ってから、目を丸くして、「殿永《とのなが》さん！」

「やあ、これは……」

太った体型の殿永部長刑事。これまで何かと事件に係《かかわ》って来た亜由美には顔なじみである。

「何してるんですか、こんな所で？」

と、亜由美が訊《き》く。

「こちらも伺いたいです」

と、いつものおっとりした笑顔で、「また何か物騒なことに首を突っ込んでおいでですか？」

「残念ながら外れです」

と、亜由美は言った。「あそこのパーティの受付のアルバイトをしてるだけです」

「なるほど」

と、殿永は肯《うなず》いて、「しかし、分りませんよ。亜由美さんは犯罪を呼び寄せる能力をお持ちですからね」

「人のこと、厄病神みたいに言わないで下さい」

と、横目でにらんで、「殿永さんはどうしてここに？　知人の結婚式に出てるなんて言わないで下さいね。そんないつもの格好で」

「私は仕事ですよ。今追っている殺人容疑者をこのホテルで見かけたという通報がありましてね」

「誰ですか、それって？　好奇心じゃありません。パーティに万一の危険が――」

「いや、好奇心でしょう」

「まあそうです」

「ご存知ですか、元国会議員の佐古初《さこはじめ》が夫人を殺害したというので……」

「ニュースで見ました。名前は憶《おぼ》えてなかったけど。――このホテルに？」

「いや、チラッと見たというだけで、他人の空似ということもあり得るんですよ。それにもし当人だったとしても、もうとっくに出て行ったかもしれない」

亜由美は肯いて、

「じゃ、ご苦労さま。私、受付に戻ります」

と、殿永と別れて、聡子が忙しそうにしている受付へ。「ごめん！　殿永さんと、そこでバッタリ」

受付には、パーティの開始時間が近付くとどんどん客がやって来る。

全員招待客だが、その代り、ほとんどの人は〈ご祝儀〉を包んで来るので「会費を取ってくれた方がいいよな」と、仲間としゃべっている人もいた。

会場から出て来た仲井咲子は、額に汗を浮かべていた。

「――ご苦労さま」

「もう半分を越えました」

と、水上弥生が言った。

「そう。これからもっと集中するわね」

「花山先生のお迎えは……」

「うん、もう先生、控室においでだから。開宴の十分前くらいに呼びに行くわ」

と、咲子は言った。

ちょうどロビーを殿永が通って、亜由美に手を上げて見せた。亜由美も手を振ってやった。

「お知り合い？」

と、咲子がふしぎそうに訊いた。

「あの人、刑事さんなんです」

亜由美から話を聞いていた聡子が、代りに言った。

「まあ、何かあったの？」

「何だか殺人犯をここで見かけたとかで」

「怖いわね」

「確かな情報なら、もっと大勢警官が来てますよ」

と、亜由美は言った。「何でも、奥さんを殺した元議員とか……」

「ああ、知ってる」

と、弥生が言った。「あの人、うちの近所なのよね。ええと……佐古っていうんだ」

「そんな名でしたね」

「じゃ、よろしく」

と、咲子は言って、ちょうどやって来た女性の客に、「あら、ごぶさたして！」

と、挨拶《あいさつ》した。


待っていると、時間のたつのが遅い。

「もう行こうかしら……」

と、花山しのぶは呟《つぶや》いた。

一人でポツンと控室に座っていると、却《かえ》ってくたびれてしまう。

七十歳。——でも、アッという間だったような気がする。

ともかく、〈花山バレエ団〉は存続していて、生徒数ではトップクラスだ。

「頑張ったわ、私……」

　と、自分で納得している。

　そう。――今日ぐらいは、みんなのお祝いの言葉、お世辞にもニコニコしていよう。

　それぐらいは自分に許してもいいだろう。

　そのとき、控室の中の電話が鳴り出して、しのぶはびっくりして飛び上りそうになった。

　何だろう？　どうしてここに電話がかかって来るの？

　当惑したしのぶは、しばらく放っておいたが、電話は鳴り続けた。

　仕方なく立って行き、そっと受話器を上げる。

「――はい？」

　と言うと、

「もしもし」

　と、男の声がした。「そこに花山しのぶさんはいるかね」

「私ですが……」

「あんたが？　そうか。――しのぶか」

「どなたですか？」

　しのぶは本当にさっぱり見当もつかず、「お名前は……」

「俺の声が分らないか。――まあ、そうだろうな」

「どういう……」

「岸本《きしもと》だ。岸本弘《ひろし》だよ」

その名前が、しのぶの頭に届くのに、しばらくかかった。

「本当に？」

やっとそう言った声はかすれていた。

「ああ。お前の昔の亭主だよ」

と、男は言った。

「そんな……。もう何十年たったと思ってるんですか。今さら何の用です？」

「新聞で見てな。お前の七十の祝いだそうだな」

「ご招待してませんよ」

少しショックから立ち直ると、腹が立って来た。「私たち、ちゃんと離婚してるんですよ。お忘れ？」

「分ってるさ」

「それなら、『お前』なんて、なれなれしく呼ばないで下さい」

「じゃ、『先生』とでも呼ぶか」

「他人に対して、そんな口をきくんですか」

「そうカッカするなよ。俺ももう七十六だ。お前に未練があるわけじゃない」

「しかしな、今、俺は困ってるんだ。住む所もなくてな。――ちっとは助けてくれてもいいんじゃねえか」

「そんな義理はありません」

と、しのぶは言った。「切りますよ」

「おい、待てよ。話があるんだ」

「こちらにはありません」

「聞いた方がいいぜ。お前のためだ」

岸本弘はそう言って、「まあいい。祝いの邪魔してほしくなきゃ、俺の話を聞くことだ」

口調が変った。

「脅すつもり？」

そのとき、控室のドアをノックする音。

「先生、よろしいですか」

と、咲子の声がした。

しのぶは受話器を戻して、

「入って」

と言った。

「当り前でしょ」

ドアが開き、咲子が顔を出した。

「そろそろお出まし下さい」

「分ったわ。行きましょう」

背筋を伸して、しのぶは控室から出て行った……。

「出席者の方々の、ほぼ九割方はおいでになっています」

花山しのぶをパーティ会場に案内しながら仲井咲子は言った。

「そう。——山形さんもみえてる？」

と、しのぶは訊《き》いた。

バレエ評論家の山形貞士《さだし》は、パーティの最初に挨拶することになっている。

「はい。ずいぶん早くおいででした」

「そう。私と同い年だものね、山形さん。お互い、年を取ったもんだわ」

「お二人ともお元気ですよ」

と、咲子は言った。「乾杯のご発声は邦光《くにみつ》様に」

「そうね。仕方ないわね」

受付で、二人の話を聞いていた亜由美は、花山しのぶが、邦光という人をあまり好いていないらしいと感じた。

「まあ、弥生ちゃん、ご苦労さま」

しのぶはニッコリ笑って、受付に立っている水上弥生に声をかけた。

「おめでとうございます、先生」

と、弥生が言った。

「ありがとう。まあ、年齢《とし》は何もしなくてもふえて行くけどね」

「では、先生」

と、咲子が促す。

「ええ。じゃ、入りましょ」

しのぶはパーティ会場へ入って行こうとして、ふと振り向くと、「受付リストに名前のない人が来ても、入れないでね」

「もちろんです」

弥生が肯《うなず》く。

会場のドアが大きく開けられ、花山しのぶが中へ入って行くと、拍手が会場を埋め尽くした……。

「――乾杯の音頭を取るっていう、邦光さんって誰ですか?」

と、亜由美は弥生に訊いた。

「どうして?」

「いえ、何だか——花山さん、お好きでないようでしたから」

「さすが名探偵」

と、弥生はからかうように言って、「〈花山バレエ団〉と、バレエ界の勢力を二分している〈ミクニ・バレエ団〉のトップが邦光ユリアさん。さっき、派手な真赤なドレスで来たでしょ」

「ああ、あの人ですか」

「花山先生とはずっとライバル同士だったからね」

会場では再び大きな拍手がわき上っていた……。

「——花山先生、妙なこと言ってたわね」

と、弥生が言った。

「ああ、リストにない人を入れるな、とか……」

と、亜由美は肯いて、「私も聞いてて、あれ、と思いました」

「どういうことかしら。ただ念を押したのかな」

「いえ、たぶん誰かここへ押しかけて来そうな人がいるんでしょう。花山さんもご承知だから、ああおっしゃってるんでしょうけど……」

「確かにそうね」

と、弥生は肯いて、「花山先生は、そう人に恨まれるってタイプじゃないけど」

「人間、自分勝手な部分で人を恨んだりしますからね」

亜由美の言葉に、弥生は微笑んで、

「さすが、名探偵のお言葉ね」

「やめて下さいよ」

亜由美は苦笑した。

「——弥生さん」

と、スタッフの一人が呼びに来て、「乾杯です」

「分った。——じゃ、ここ、お願いね」

と、弥生は急いで会場へ入って行った。

「——いかがです？」

と、殿永がやって来る。

「捕まったんですか？　奥さん殺しの……」

「佐古ですね。まだです」

「この辺をウロウロするわけがあるんですか？」

「鋭いですね」

と、殿永は言った。「色々確認したところ、やはり佐古本人に間違いなかったようです。

で、今ここで開かれているパーティで、佐古とつながりのありそうなのはないかと、あちこち当らせたところ……」

「この会ですか？　バレエ団のパーティですよ」

「まあ、事実かどうか、噂の域を出ないのですが、今このパーティに元バレリーナだった、仲井咲子という人が出ているでしょう」

「ええ。この会の幹事をやっている人です」

「昔、佐古は仲井咲子の恋人だったというんです」

「へえ！——でもずいぶん前でしょう」

「三十年くらい前のことらしいです」

「三十年？」

亜由美は聡子の方へ。「咲子さんの娘、何歳だっけ？」

「十八って言ったような……」

「そうだよね。そして、父親は咲子さんを捨てたって言ってた。お腹に娘がいたのに」

「ほう、それは面白い」

と、殿永は肯いて、「やはり亜由美さんですな。ごく自然に情報が集まって来る」

「でも、今になって何の用なんでしょう？」

「さあ、それは……。娘の顔を見たいというだけかもしれません」

「じゃ、ここを見張っていれば、佐古が現われるかも？」

「何気なく見張っています。亜由美さんたちは気にしないで下さい」

「そこまで言っといて、それはないでしょ」

と、亜由美は言った。

会場の中から、

「乾杯！」

と、一斉に唱和する声が聞こえて来た。

そして拍手。――音楽が流れ、おそらくしばらくは食事と歓談の時間になるのだろう。

すると、ドアが開いて、あの真赤なドレスを着た、〈ミクニ・バレエ団〉の邦光ユリアが勢いよく出て来たのである。

それを追って、水上弥生が駆け出して来ると、

「邦光先生！　お待ち下さい！」

と、邦光ユリアを引き止めた。

「何だっていうの！」

と、邦光ユリアは振り向いて、「人を馬鹿にしてる！」

「ごもっともですが、後でご挨拶《あいさつ》いただくことになっていたK社の社長さんが、すぐお帰りにならなくてはいけないとのことで。それで乾杯の音頭をお願いしたんです」

「私に頼んでおいて、勝手に替えるなんて、失礼でしょ！」

「申し訳ありません！　司会の助手がお探ししたのですが、見付けられなくて」

「この派手なドレスが見付けられない？」

と、邦光ユリアが笑って、「〈花山バレエ団〉は、よっぽど目のいい人が揃ってるのね」

「邦光先生。お願いです。中へ戻って下さい」

と、弥生は言った。

「私はね、そこまでお人好《ひとよ》しじゃないわ」

と言いながら、邦光ユリアは受付の前から先へ行こうとはしない。

この人、帰る気はないんだわ、と亜由美は思った。すると、紺のジャケットを着た、かなりの年輩の男がロビーをやって来ると、

「どうも」

と、受付の方に手を上げて見せ、そのまま会場の中へ入ろうとした。

パーティの来場者には、たいていそれにふさわしい雰囲気が身についている。しかし、もう七十代半ばにはなっていると見えるその男は、およそこのパーティに似つかわしくなかった。

「お待ち下さい」

と、亜由美は呼び止めて、「恐れ入りますが、こちらで受付を済ませて下さい」

男はちょっとムッとした様子で、

「何言ってるんだ。さっきちゃんと受付は済ませたよ」

と言った。

「さようでございますか。では、お名前をお聞かせ下さい」

「おい、失礼だろう。それが客に対する態度か！」

亜由美には、それが男の演技だと分った。

「お名前がリストにございますか？」

「何だって言うんだ！　俺は花山しのぶの個人的な知り合いだぞ。そういうことを言うのなら——」

「まあ、落ちついて下さい」

と、殿永が声をかけた。「招待客リストに名前があれば問題ないんですから」

「誰だ、あんたは？」

「警察の者です」

と、殿永は手帳を見せて、「パーティに潜り込んで、置引きなど働く、けしからん奴がいましてね。むろん、あなたはそんな人ではないでしょうが、受付の係としては、用心しろと言われているんです」

男は殿永をにらんだが、

「ふん、人を泥棒扱いか。今に後悔するぞ」

と言い捨てて、戻って行ってしまった。

「――あれが『リストにない人』でしょうかね」

と、亜由美は言った。

すると、その様子を眺めていた邦光ユリアが、

「あんまり意地を張っても、みっともないわね。いいわ、中へ戻りましょう」

と言い出した。

「お願いします！　ぜひひと言ご挨拶いただかないと」

と、弥生が会場内へと案内する。

殿永は面白そうに、

「どうも、あの気の変りようも妙ですな」

と言った。

「今の男のこと、知ってたみたい」

と、聡子が言った。「ずっと顔を見てたわよ」

「そういうことか。――何だかいやね。本当に何か起りそうな気がする」

と、亜由美はため息をついた。

「喜んでるくせして」

と、聡子はからかって、亜由美ににらまれているのだった……。

3　内緒の話

「ね、ともかくパーティに出た方がいいんじゃないか？」

　と、江川久士が言った。

「いいのよ、あんなもの」

　と、仲井亜也は江川の肩に頭をもたせかけて、「別に私のパーティじゃない」

「そりゃそうだけど……。君のお母さん、パーティのために大変だったんだろ。出てあげなきゃ」

　――若い恋人たちは、ホテルのバーに入って、ジンジャーエールなど飲んでいた。

「私と一緒にいたくないの？」

　と、亜也がふくれる。

「もちろん、一緒にいりゃ楽しいさ。でも、これからのためにも、わざわざお母さんと喧《けん》嘩《か》することないだろ」

　多少年上の江川は、そう言って亜也の額に唇をつけた。

「そうね……。分った。これ飲んだら行くわ」

「それがいいよ。──パーティが終ってからどうする？」

「ケータイにかけるわ。どこか近くにいて」

「分った。じゃ、出るか」

「そうね。──パーティもガヤガヤしてていやだけど」

と言って、立ち上ると、「そうだ。ね、一緒にパーティに出て」

「僕が？　招《よ》ばれてないよ」

「私と一心同体。大丈夫よ。私、婚約者って紹介しちゃう」

「でも、それは──」

「ともかく来て！」

二人はバーを出て、宴会場のフロアへ向った。

だが、江川はケータイに電話が入り、

「ごめん。ゼミの先生の用事があるんだ」

と、亜也に言った。「用が済んだら、またここへ来るよ」

「分った。絶対よ」

「うん」

軽くキスしてから、江川は足早にエレベーターへと向った。

亜也は、パーティ会場の近くまで来ていたが、母と言い争うのも気が重く、ソファに腰をおろした。

ケータイのメールを見ていると、

「――失礼」

と、声をかけてきた男がいる。「今何時かね?」

大分髪が薄くなった、太った男で、背広を着ているが、ネクタイはしていない。

「あ……。今、七時十五分くらいです」

「そうか。ありがとう。――座ってもいいかね」

「どうぞ」

男はソファに、亜也と離れて腰をおろすと、疲れたように息をついた。

そして、メールを見ている亜也の方を、そっと見ていたが、咳払《せきばら》いして、

「君……」

と言いかけた。

「あ! 可愛い!」

亜也は、目の前にスタスタとやって来たダックスフントを見て、声を上げた。

「お前、こんな所で何してるの?」

と、亜也が声をかけると、ちゃんと答えるように鳴いた。

「お利口ね。――私も、犬欲しいな」

亜也が、そのダックスフントのそばにかがみ込んで、その毛並をなでていると、

「ドン・ファン！　何してるのよ？」

と、小走りにやって来たのは、亜由美である。

「あ、さっきの……」

「あら、亜也さんね」

「この犬、塚川さんの所の？」

「そうなの。何しろ、可愛い女の子に目がなくてね。それでドン・ファン」

「面白い」

と、亜也は笑った。

「江川君は帰ったの？」

「ちょっと用事があるって。後でパーティに連れてっちゃう」

「にぎやかよ、パーティ。でも、ドン・ファンが一人で来るわけないし……」

と、亜由美は周囲を見回したが、「——亜也さん。今、隣に座ってた人、知り合い？」

「え？　いいえ。たまたま——」

と、ソファの方を振り向くと、もう男の姿はなかった。「あれ？　どこ行ったんだろ」

「知り合いじゃないのね。何だか私を見たら、逃げるようにいなくなっちゃった」

「誰かしら？」

「顔はよく見えなかったけど……」

「私もメール見てて。時間訊《き》かれたけど、ろくに見ないで返事した」

そこへ。

「まあ！　ここにいたの」

と、やって来たのは、母親の塚川清美《きよみ》。

「お母さん！　何してるの、こんな所で？」

「花山しのぶさんのパーティを見に来たのよ」

「だって――花山さんと知り合いじゃないんでしょ？」

すると、父親の塚川貞夫《さだお》もやって来て、

「花の宴が開かれているのはここか」

「花の宴？」

「〈花山しのぶ〉は私にとって青春の花そのものだった」

と、貞夫は肯《うなず》いて、「花山しのぶ、高井咲子の師弟は、バレエ界の宝であった」

「あの、お父さん。こちら、咲子さんの娘さん、亜也さんよ。〈花山バレエ団〉にいるの」

「おお、正しく大輪の花のつぼみ！　バレリーナは厳しい修練の跡をみじんも感じさせない華やかさで、人々の夢を明るく照らし出すのだ。バレリーナほど崇高な職業はない！　未来のプリマの手にくちづけさせて下され」

貞夫は、亜也の手を取って、その甲に唇をつけた。――亜也は呆気《あつけ》に取られていた。

「父はね、少女漫画の大ファンなの。普段からついこういう口調になっちゃうけど、別に変な人じゃないから」

「光栄ですわ」

と、亜也は微笑んで、「まるで王女様になった気分。――母をご紹介しますわ。パーティ会場に入りましょう」

「でも、亜也さん――」

「大丈夫。私のお友達ですもの。さあ、ご一緒に」

亜也はパーティ会場へと勢いよく歩き出し、塚川夫妻とドン・ファンが急いで後を追った……。


化粧室で手を洗いながら、花山しのぶはホッと息をついた。

――自分が主役のパーティ。

むろん、大勢の人がやって来てくれるのは嬉《うれ》しいし、ありがたいが、さすがに疲れて、少し一人になりたかったのである。

「まだ七十なのよ、あんたは」

と、しのぶは鏡の中の自分に向って呟《つぶや》いた。

「もう七十」ではない。「まだ七十」だ。

心の持ちようで、日々の生活が大きく変ることは分っている。でも、一方で、やはり「七十は七十」なのだ。

ことに、もう現役バレリーナとして踊ることはなくても、若いころから痛めつけて来た体は、並の七十歳よりくたびれている……。

「今日は頑張らなきゃ」

と、自分へ言い聞かせるように言った。

少なくともパーティの間は「立っている」。

それが花山しのぶのプライドである。

咲子は心配して、

「先生はおかけになって、どっしり構えてらっしゃればいいんです」

と言ってくれるけれど……。

「さて、戻りましょうか」

と呟いて、しのぶは化粧室を出た。

出た所に、かつて夫だった男、岸本が立っていた。

「何の用？　人を呼びますよ」

と、岸本をにらむ。

「呼べばいいさ」

と、岸本はニヤリと笑って、「そっちに都合の悪いことになるぜ」

「何を言ってるのか分らないわ。私、パーティに戻るから」

と、行きかけるしのぶに、

「その日、俺はお前に会いに行ってたんだ」

と、岸本は言った。「あのホールにな」

しのぶは足を止め、振り返った。

「――何の話？」

「遠い昔のことさ」

と、岸本は言った。「お前のとこのプリマが大けがした、あの日だ」

「咲子さんが？」

「ああ。――あの日、俺は金に困ってお前に会いに行った」

「知らないわよ、そんなこと」

「お前はな」

と、岸本は口もとに笑みを浮かべて、「俺は楽屋口から中に入った。ちょうどバレエの始まったときだ。一番目立たないだろうと思ってな」

「何が言いたいの」

「お前の方が分ってるんじゃないのか」

「さっぱり分らないわ」

「それなら言ってやろう。お前は、あの咲子と舞台の袖《そで》で話してた。結婚するんで、バレエをやめると言ってたんだな。お前は引きとめようとしてた……」

岸本は思わせぶりに間を置いて、「お前は一人になると、舞台裏へ入って行った。俺はお前の様子がおかしいんで、そっとついて行ったんだ」

しのぶの顔が固くこわばっていた。

そのとき、

「まあ、岸本さんじゃないの！」

と、辺りに響き渡る声で言って、「久しぶりね！　私、邦光よ。邦光ユリア。憶《おぼ》えてる？」

「ああ、もちろん」

岸本は引きつったような笑みを浮かべて、

「相変らず元気そうですな」

「おかげさまで。――何してるの、こんな所で？　パーティの中にお入りなさいよ」

「お断りよ」

と、しのぶは言った。「ユリアさん、これは私と岸本の話です。別れた男を招待はしません」

「あら、冷たいのね。一度は夫婦だったっていうのに」

「いや、いいんですよ」

と、岸本は言った。「もう知ってる顔もいないでしょう。邪魔しに来たわけじゃないし」

「私はパーティに戻るわ」

と、しのぶは言った。

「終ったら、上のバーに来てくれ」

「知るもんですか」

「待ってる」

と言って、岸本は歩き出した。

そこへ、咲子がやって来て、

「先生、大丈夫ですか？　なかなか戻られないんで――」

「今行くわ。さあ」

しのぶは、咲子と一緒に会場へと向った。

「先生、今の人……」

「何でもないのよ」

「もしかして、ご主人ですか？」

「元の、ね。今は赤の他人」

と、強い口調で言った。

「岸本さん――でしたね。何となく憶えてます」

「もう忘れて」

二人は、パーティ会場へと入って行った。

「しのぶ先生が戻られました！」

司会者がホッとした様子で、「では、先生のスライドショーです！」

場内が暗くなると、大きなスクリーンに、若き日の花山しのぶのプリマ姿が映し出されて、拍手が起った。

咲子はそっとパーティから抜け出した。

受付のある出入口とは別の、スタッフ用の戸口から廊下へ出て息をつく。

こういうパーティは、当日より準備にすべてかかっている。

咲子は疲れていたが、このパーティが終るまではシャンとしていなくては……。

「それにしても……」

と、咲子は呟いた。

そのとき、ふと眉《まゆ》をひそめた。――タバコの煙だ。

この匂い……。咲子の遠い記憶が、よみがえった。

「まさか……」

廊下の曲り角の向うから、かすかに白く煙が流れて来る。咲子はその角へと足を進めて行った。

角を曲ると――そこでタバコを喫《す》っていた男が振り向いた。

「――やあ」

「何してるの、こんな所で？」

と、咲子は言った。

「いや、禁煙だってことは分ってるんだけど……」

「そんなこと言ってるんじゃないわ」

「分ってる」

と、佐古初は肯《うなず》いた。

「刑事さんが受付の所にいるわよ。あなた、奥さんを殺したの？」

「違う！　僕はやってない！　本当だ。信じてくれ」

「私が信じても仕方ないでしょ」

「いや、君が信じてくれたら、亜也も信じてくれるだろう」

咲子は表情を硬くして、

「あの子の名前を呼ばないで！　あの子の父親は仲井よ」

「よく分ってる」

と、佐古がタバコを近くの屑《くず》入れに捨てると、「ただ――逃げ切れないだろう。それが分ってるから、ここへやって来た」

「どういうこと？」

「亜也を一目見たくてね。別に父親の名のりをしようってんじゃない。ただ、どんなに成長したかと……」

「勝手よ！　大体、赤ちゃんのときだって見てないじゃないの」

「うん……。しかし、ずっと気にしてた。本当だ。あの子のバレエの発表会も見に行ってた」

「何ですって？」

「もちろん、君に見付からないように、亜也が踊ったらすぐに姿を消したよ」

「今さら何なの？」

「ただ……見たかっただけさ。成長したあの子を」

「あなた……。亜也に会ったの？」

「さっき、ロビーのソファで……。でも、何も言わなかった」

「早くどこかへ消えて！　こんな所で捕まったら、亜也に見られるわよ」

「な、咲子——」

と、佐古が言いかけたとき、

「あ、咲子さん！」

と、水上弥生がやって来た。「ここだったんですか。花山先生がご用ですって」

「分ったわ。——じゃ、これで」

と、咲子は佐古へ冷たく言った。

「お客様ですか。どうぞ中へ」

「いえ、この人は帰るの」

と、咲子は言ったが、

「じゃ、ちょっと寄らせてもらうよ」

と、佐古はさっさと会場へと入って行ってしまった。

咲子は仕方なく、急いで会場へと戻ったのだった……。

4　宴の中

「いや、華やかだ！」

と、塚川貞夫はパーティ会場で、かなり興奮していた。「これこそ文化の香り、芸術の熱気だ」

「お父さん、一人で盛り上らないでよ」

と、亜由美はそばにいて気が気でない。

「誰も盛り上ってなどおらん。静かに感動に浸っているだけだ」

母は、と見回すと、立食の料理をせっせと取って食べている。

「図々《ずうずう》しい……」

会費を取られているわけでもなく、お祝いも包んでいないのに……。

一方、大人気なのはドン・ファンで、

「わあ、可愛い！」

「撫《な》でると気持いい！」

と、女性たちに囲まれて上機嫌。

「お母さん、戻って来た」

と、亜也が咲子の手を引張ってやって来ると、「塚川さん、母です」

と紹介した。

「これは……。あなたの大輪の花のような舞台姿を今も忘れられません」

と、貞夫は言った。

「まあ、恐れ入ります……」

「咲子さん、これ、私の父です」

「まあ、そうなの。すてきなお父様ね」

と、亜由美が言うと、
と、咲子は言って、「亜由美さん、ちょっといい？」

「はい。受付に戻ります」

「いえ、いいの。もう今から来る人はほとんどいないわ。話があるの」

「はあ……」

咲子は亜由美を会場の隅の方へ引張って行った。

「あなた、刑事さんと親しいのね」

「は？――ええ、まあ」

「近くにいるかしら」

「たぶん、その辺に……」

「そう」

と、咲子は肯いた。

「咲子さん。──亜也さんの父親は、佐古っていう人ですね」

「ええ」

「その人がどこにいるか、知ってるんですか？」

「知ってるわ。今、このパーティに出てる」

亜由美は目を丸くして、

「どこに？」

「分らないわ。これだけの人ですもの、捜すのは大変。ただ、あの人の目的はただ一つ。亜也に会うことなの」

「亜也さんはまだ……」

「何も知らない。お願い。娘に知られない内に、佐古を何とかここから連れ出したいの」

「分ります」

「それに──あの人、奥さんを殺してないって言ってたけど、どうだか……」

と、咲子は言った。「でも──昔の通りの佐古だったら、たぶん本当でしょう。うまく人を騙《だま》すようなことのできる人じゃないから」

「あ、待って下さい」

亜由美は、パーティ会場の入口に、聡子と殿永の姿を見付けて、人をかき分けて行くと、二人を引張って来た。

「――なるほど」

殿永は話を聞いて、「佐古の顔は分ります。何とか見付けられるでしょう」

「刑事さん。ただ……」

と、咲子は少しためらって、「花山しのぶ先生の、お祝いの会です。できれば、そんなことで台なしにしたくないんですが」

「分ります。できるだけ穏やかに連れ出しますよ」

「お願いします」

「ただ――用心しないと」

「何か危険なことが？」

「実際に妻を殺したかどうか分りませんが、いずれにしても逃げられないと覚悟しているとしたら……」

「そんな様子でした」

「亜也さんに会って、その後、自ら命を絶つつもりかもしれません」

咲子はハッとしたように、

「そんなこと、考えもしませんでした」

「それだけじゃありません」

「というと?」

殿永に代って、亜由美が言った。

「死ぬなら、亜也さんを道連れに、と考えるかもしれないってことですね」

咲子は息を呑《の》んで、

「そんなこと……。じゃ、捜しましょう」

「亜也さんは?」

「うちの父と話してます。ドン・ファンもそばにいるし、大丈夫でしょう」

「なるほど。それでは会場の中を捜してみましょう」

アルコールが入って、盛り上る宴《うたげ》の中を、亜由美たちは佐古を捜して進んで行った……。


「大勢招《よ》び過ぎたわ……」

と、咲子はため息をついた。

パーティ会場はともかく人で一杯。

亜由美たちが佐古を捜しても、人をかき分けて進むのが大変という状況である。

「なかなか難しいですね」

と、殿永もハンカチを出して汗を拭《ふ》いている。

実際人いきれで汗をかくほどだった。

「手分けするにしても、私は佐古の顔が分らないしね」

と、亜由美は言った。

そのとき、

「ここで、花山しのぶ先生の長いご友人でいらっしゃる〈ミクニ・バレエ団〉主宰、邦光ユリア様よりお言葉をちょうだいしたいと存じます」

と、司会者の声が響く。「邦光ユリア様、お願いいたします」

会場内は一向に静かにならない。ともかくアルコールが入っているので、司会者の声など耳に入らないのである。

「──邦光様」

司会者がくり返したが、邦光ユリアは現われない。

「ええと……申し訳ございません。邦光様はおいでになりませんか？」

さっぱり反応がなく、仕方なく司会者は、

「では、都合により邦光様のご挨拶《あいさつ》は後ほどにさせていただきます」

と言った。

そのとき、壇上に赤いドレスが見えた。

「やっとだわ」

と、咲子は苦笑した。

「あんまり仲良さそうじゃないですけどね」

と、亜由美が言うと、

「おっしゃる通り」

と、咲子は笑った。「でも、お付合いってものがあるのよね」

「何だか妙ですな」

と、殿永が言った。「フラフラしてる」

確かに、赤いドレスが壇上でよろけているのが見えた。

「おかしいわ」

咲子が人をかき分けて駆け出す。

「行きましょう」

と、殿永が言って、亜由美と聡子もあわててそれに続いた。

「邦光先生！」

咲子が壇上に駆け上ると同時に、邦光ユリアはぐったりと倒れかけた。咲子が抱き止めて、

「他の方のスピーチを」

と、司会者に言った。

「どうしました？」

殿永が代って邦光ユリアの体を抱き上げる。

「酔っ払っておられるような……。お酒の匂いがします」

「ともかく運び出しましょう」

「そちらの裏の方へ」

咲子がドアを開け、殿永は邦光ユリアを運び出したが――。

「まあ」

と、続いて出て来た亜由美たちは目をみはった。「咲子さん！　手が真赤ですよ」

「え？」

咲子は自分の両手を見てびっくりした。

「これ……血？　けがしたのかしら、私？」

「これはいかん」

殿永はユリアの体をソファの上に下ろすと、

「この人の血です。ドレスが赤いので気付かなかった」

「出血が？」

殿永は、ユリアの体を横にして、

「脇腹を刺されている。——亜由美さん、すみませんが、そこの館内電話でフロントへ連絡して下さい。医者と救急車の手配を」

「分りました!」

亜由美は駆け出した。

「一体……何があったんでしょう?」

咲子は呆然《ぼうぜん》として、赤く染った自分の両手を見下ろしていた。

「誰かがこの人を刺したということです」

と、殿永は言った。「出血を止めなければ。何か布はありますか」

「私がもらって来ます」

聡子がフロアのクロークへ向って走り出した。

救急隊員が来て、邦光ユリアを運び出して行くのを、亜由美たちは見送った。

「やれやれ」

殿永は首を振って、「急所はそれているから、大丈夫でしょうが、それにしてもこの会場内で刺されたんですかね」

「佐古を捜すどころじゃなくなっちゃったね」

と、聡子が言った。

「ドン・ファンも連れて歩こう。鼻がきくから」

「私――さっき見たんです」

と、咲子が言った。

「というと？」

「しのぶ先生がトイレから、なかなか戻られないので心配になって……。見に行ったとき、岸本さんが……」

「岸本？」

「花山先生のご主人だった人です。ずっと昔のことですけど」

と、咲子は言った。「評判の良くない人で、昔から先生にたかって生きてる人でした。――離婚されたんですけど、その後もちょくちょくお金をせびりに来ていたようです。最近は見かけませんでしたけど。その岸本さんが何か先生と話していて、先生は怒っておられました」

「せっかくのお祝の席にね」

「ええ。そこへ邦光さんがいらして、岸本さんに親しそうに話しかけていて……」

「あの、受付を黙って通ろうとした人ね」

と、亜由美は肯《うなず》いて、「あのときも、確か邦光さんが……。岸本って人を見て、パーティへ戻ったっけ」

「いわくありげですね」

と、殿永が言った。

「岸本さんは、バーで待ってると先生におっしゃってたようです」

「なるほど。――しかし差し当りは佐古を見付けなければ」

亜由美たちは、正面の受付の所に来ていた。救急隊員が邦光ユリアを運んで行くのについてここへ出て来たのである。

「大変ですね」

と言ったのは、受付に立っている水上弥生だった。

「弥生さん、邦光さんのこと、パーティが終るまで黙っててね」

と、咲子が言った。

「はい、もちろん分ってます」

その時、亜由美が、

「殿永さん、捜しに行くこともなかったですよ」

と言った。「あれ、岸本でしょ」

「まあ、本当だわ」

と、咲子が言って、「お酒飲んでるんですね」

確かに、岸本は赤ら顔をして、

「やあ！　まだ入っちゃいけないのか？」

「岸本さん、どこにいたんですか？」

と、咲子が訊《き》くと、

「上のバーで飲んでた」

と、岸本は言った。「これ以上酔うと話ができなくなるから、もう一度来てみたんだ」

「先生はお会いになりませんよ、きっと」

「先生か」

と、岸本は笑って、「とんだ先生もあったもんだ」

「何のことです？」

「お前が救いがたいお人好《ひとよ》しってことさ」

と、岸本は言って、「ともかく、しのぶの奴に会わせてくれ」

「その前に――」

と、殿永が進み出て、「つい先ほど、このパーティ会場、または近辺で邦光ユリアさんが何者かに刃物で刺されたのですが、ずっとバーにおられたという証人はおありですか？」

しかし岸本は啞然《あぜん》としていた。

「刺された？　邦光ユリアが？」

「何かお心当りが――」

「バーへ来た」

咲子がちょっと当惑して、

「邦光さんが？　本当ですか」

「ああ。俺の所へ来て、水割りを一杯飲んだ。ここは払え、と言うから、『〈花山バレエ団〉へつけときゃいい』と言った」

「ケチ」

と、聡子が思わず呟《つぶや》く。

「邦光さんが何の用で？」

と、亜由美が訊いた。

「それは……色々昔話だ」

と、岸本は肩をすくめた。

「それだけでわざわざバーに？」

と、咲子が言うと、

「悪いか」

と、開き直る。

他に何か用があって、邦光ユリアは岸本に会いに行ったのだろう。

「ともかく、一応、先生にお話ししてみます」

と、咲子は根負けして、「でも、断られる覚悟でいて下さい」

咲子がパーティ会場へ戻ろうとすると、

「おい、あいつにひと言、伝えてくれ」

と、岸本は言った。「セットは倒れたか、ってな」

咲子は眉《まゆ》をひそめて、

「何ですか、その言葉」

と訊いた。

「何でもいい、そう言えば分る」

咲子は少したぬらってから、パーティの中へと入って行った……。

5　名のり

江川君、まだ来ないのかな……。

亜也は、さすがにお腹が空《す》いて、テーブルの料理を皿に取って、せっせと食べていた。

こういうパーティでは、専らアルコール、という客が多く、料理はたいていい余っている。

「もったいない！」

亜也はロブスターを口に入れて、「――おいしい！」

ほとんど感動と言っていい状態である。

少なくとも、この瞬間、亜也はバレエをやめようとは考えていなかった……。

「――やあ、さっきはどうも」

と、隣のおじさんが言った。

少ししてから、そのことに気付いて、

「――私？」

「うん」

「何か？」

「いや……。さっき時間を訊いたろ」

「はあ」

そんなことがあったことさえ忘れていたが——。「ああ！　ロビーのソファのとこで」

「そうそう。思い出してくれたか」

と、そのおじさんは嬉《うれ》しそうに言った。

「おじさん、食べてる？」

「え？　——あ、いやお腹は空いてないんだ」

「そう。でも、せっかく来たんだから、食べなきゃもったいないよ」

と、亜也は言った。「ローストビーフはそこ。お寿司《すし》はあっち。その二つが一番人気だし、高いから、食べた方がいいよ」

「うん……。そうかな」

「取って来てあげようか？」

ちょうど皿を空にした亜也は立ち上って、

「ローストビーフ？」

「ああ、それじゃ……」

「待ってて」

亜也はローストビーフをすでに一枚食べていたが、「二皿お願いします」

と注文した。

両手に一皿ずつ持って戻ると、あのおじさんは素直に待っていた。

「はい、どうぞ」

「ありがとう」

と、受け取ったものの、何だかじっとローストビーフを見つめている。

「――嫌いだった？」

「いや、そうじゃない！　いただくよ。ただ……君のような若い子が取って来てくれたので、嬉しくてね」

「ええ？　変なの」

と、亜也は笑った。

「ああ、変だね」

と笑って、「僕は佐古というんだ」

「さこ？」

「にんべんに左と古いっていう字でね」

「ふーん。私、仲井亜也」

「ああ、知ってる」

「知ってる？」

「お母さんは、以前有名なバレリーナだったろ」

「うん。お母さんのこと、知ってるの」

「ファンだったよ」

と、佐古は肯《うなず》いて、「君もバレエをやるんだろ」

「一応やってるけど……。お母さんみたいなプリマにはなれないもの。ずっとやろうとは思わないの」

「どうして？　才能あるのに」

「私が？」

「そうとも。十歳のとき踊った〈妖精《ようせい》の踊り〉はすばらしかった」

亜也は面食らって、

「そんな昔のこと、どうして知ってるの？」

「ああ、いや……おじさんもバレエが好きでね」

「でも踊ってないよね」

と言って、亜也は自分でふき出した。

「この体型じゃね」

と、佐古は自分のお腹をポンと叩《たた》いた。

「いい音ね」

「タヌキ並みだろ」

しかし、今の若い子に狸の腹鼓は通じないらしく、亜也は首をかしげただけだった。

そして、亜也はケータイを取り出して見ると、

「遅いな……」

と、口を尖《とが》らした。

「誰か待ってるのかね」

と、佐古がローストビーフを食べながら言った。

「婚約者」

「ほう。しかし――君はまだずいぶん若いが」

「彼がイギリスに行くの。私、バレエをやめてついて行くんだ」

佐古の顔から笑みが消えた。

「それはしかし……。お母さんは知ってるのかね？」

「さっき話した。凄《すご》いショックだったみたい」

「それはそうだろう」

「でも、私はお母さんみたいに、バレエのために自分の恋を諦《あきら》めたくないの」

「そうか……。だが、人生の大きな分れ道にいるときは、あまり軽々しく決断しない方がいい。少し時間をかけて……」

「お母さんもそんなこと言ってたわ。でも、私にとっては今は彼が一番大事なの」

と、亜也は言った。

「気持は分るが……。いや、赤の他人の僕が口を出すようなことじゃないのは分ってる。しかし、年上の人間として言っておきたい。バレエは君の財産だ。一度やめてしまったら、戻るのはたぶん不可能だろう。後で悔んでも遅い。彼には少し待ってもらって、もう少し大人になるのを待った方がいいよ」

亜也はふしぎそうに佐古を見た。佐古はちょっとあわてて、

「いや、すまない。君の人生にとやかく言う立場じゃないのは分ってる。怒らないでくれ」

「別に怒ってないけど……」

と、亜也は言った。「どうしてそんなに心配してくれるの、私のこと」

「それは……ただ一人のバレエファンとして……」

と、口ごもる。

すると、亜也は、

「あ、お母さんだ。――ここよ！」

亜也が手を振ると、咲子は人をかき分けてやって来る。佐古が皿を置くと、

「じゃ、僕はこれで――」

と、行きかけたが、目の前に殿永が現われ、遮られた。

「亜也！」

咲子が息を弾ませて、「この人に何を言われたの？」

「別に」

と、亜也はびっくりして、「どういうこと？　この人、知ってるの？」

殿永が佐古の肩に手をかけて、

「佐古さんですな。ご一緒に」

と言った。

「はあ……」

佐古は肯いて、「ともかく、この子に会えて良かった。──思い残すことはありません」

「この子、って……」

亜也が目を見開いて、「もしかして──」

「刑事さん！　早くその人を連れてって下さい」

と、咲子が殿永に言った。

「待って！」

亜也は咲子の手を振り払うようにして、「私のお父さん？」

「亜也──」

と、咲子は止めたが、

「ああ、僕が君の父親だ」

と、佐古が言った。「もちろん、父親と名のる資格のない父親だ。君には今のお父さんこそが父親だよ」

「でも……どうして刑事さんが？」

「これは誤解なんだ」

と、佐古は言った。「僕の妻が殺された。僕がやったと疑われているんだ。しかし、僕はやっていない」

「殺人？」

「僕は国会議員だった。大物政治家の娘だった妻と結婚してね。――しかし、ずっと悔み続けて来た。君のお母さんを捨てたことをね」

「じゃ、さっきの言葉は自分のことなのね」

「ああ。君はお母さんの下から逃げ出したくて、その彼氏を好きなような気がしてるんじゃないか。確かに、今は本気だろう。しかし、一年二年たてば、本当に自分がこんな生活を望んでいたのか、疑問に思う時が、きっと来る」

佐古はそう言って、息をつくと、「元気で」

「うん……」

殿永に促されて、佐古は人々の中に埋《うも》れて行った……。

「先生……」

咲子は、やっと花山しのぶを見付けた。隅のテーブルの奥に引っ込むように作られたスペースに、椅子に座っていたのだ。

「ああ、咲子ちゃん……」

「お疲れですね」

「まあ、ちょっとね」

しのぶは青白い顔をしていた。

「あの……」

「何か用？　というか、私のための会なのにね、こんな所で休んでいちゃいけないわ」

「いえ、休んでいただいてて大丈夫です。あとは、先生にはパーティの終りで、花束のプレゼントとご挨拶《あいさつ》があるだけです」

と、咲子は言った。「あの――岸本さんがどうしても先生に会わせろと言って、聞かないんです」

「そう」

「どうしますか？」

咲子の問いに、しのぶは疲れたように目を閉じて、すぐには答えなかった。

「引き取っていただきましょうか」

と、咲子は言った。

「そうね……」

「じゃ、そのように。――あ、何か先生に伝えてくれと」

「何を？」

「何のことだかよく分りませんが……。『セットは倒れたか』とか何とか……」

しのぶがちょっと眉《まゆ》を上げて、咲子を見た。

「――いいわ。会ってみましょ」

「先生……。よろしいんですか？」

「いつまでもうろつかれたら、お客様たちがお帰りの時に邪魔でしょ」

「じゃあ――どこでお会いになりますか？」

「そこのドアの外なら、人がいないわね」

「スタッフ用の出入口ですね。じゃ、そこへ案内します」

しかし、案内するまでもなかった。戻ろうとした咲子の前に、岸本が立っていたのだ。

「待ちくたびれたぜ」

と、岸本は言った。

「いいわ」

と、しのぶが立ち上って、「二人きりになれる所へ」

「いいだろう」

しのぶは先に立って、スタッフ用の出入口へと向う。咲子は不安げにそれを見送っていたが……。

6　真実

「くたびれた……」

亜由美は、パーティ内で佐古を捜して歩き回ったので、すっかり「人疲れ」してしまっていた。

「クゥーン」

ドン・ファンも、あまりに大勢の女性客に遊ばれてくたびれたのか、亜由美と一緒に会場から出て来た。

「お父さんとお母さんにゃかなわないわね」

と、亜由美は首を振って、「さあ……。この奥にでも……」

ロビーに面して衝立《ついたて》が置かれている。その裏へ入ると、廊下が奥へ続いていた。

「ああ、そうか。この先はスタッフ用出入口ね」

すると、先の方のドアから、花山しのぶと岸本が出て来たのである。

「何だろ？」

亜由美は、ドン・ファンを促して、壁際に重ねてある椅子のかげに隠れた。

しのぶは、あんなに岸本を近付けないように言っていたのに……。

「話は手短かにね」

と、しのぶは言った。「私は疲れてるの」

「簡単さ。金をくれ、と言ってる」

「どうしてあなたに？」

「黙っていてほしいだろ。あの日のセットのことを」

「何を言ってるのか——」

「白ばくれるなよ。俺はちゃんと見てたんだぜ。咲子が〈ジゼル〉を踊り始めると、お前はジゼルの家のセットの裏側へ入って行った。そして、咲子がそのセットの前で踊り疲れて休んでいる時、お前は家のセットを押して、咲子の上に倒したんだ」

「馬鹿言わないで！」

と、しのぶは声を震わせて、「どうして私がそんなことを——」

「咲子がバレエ団をやめると言って、聞かなかったからだ。お前は、裏切られたと思ったんだろう。それとも、けがをすれば咲子が結婚を思いとどまると思ったのかもしれないな」

「私はそんな愚かなことはしないわ」

「俺は見たんだ。——どうする？　咲子に話してもいいのか」

「あの子が、そんな話を信じるもんですか」

「どうかな。あの事故は、原因が何だったのか、結局うやむやにされて終った。咲子だって、本当のことが知りたいはずだぜ」

しのぶはじっと岸本をにらんでいたが、

「何が欲しいの」

「何度も言ってる。金さ。――今、困ってるんだ」

しのぶは深く息をつくと、

「――いくら欲しいの？」

と言った。

岸本はニヤリと笑って、

「そう来なくちゃな。なあに、俺も無理は言わねえ。三千万出してくれ。差し当り、それで何とかなる」

「三千万？　それでいいの？」

「ああ」

しのぶはちょっと笑った。岸本が顔をしかめて、

「何だ」

「遠慮がちね。あの人は五千万と言って来たわよ」

「何だと?」

「邦光ユリア。——あなたが酔ってしゃべったんでしょ」

岸本は絶句した。しのぶはちょっと首を振って、

「断ると、ユリアは、『それならスピーチのときにばらしてやる』って言ったわ」

「しのぶ……。お前が刺したのか?」

「そうだったら、どうする?」

「どうもしないさ。俺は俺だ。刺されやしないぜ」

強がっているが、岸本は青ざめていた。

「出さないと言ったら?」

「それなら……。いいとも、俺が代りにマイクの前に出て、しゃべってやる」

「誰か信じる人がいるかしら?」

「さあな。しかし、話題にはなるぜ。〈花山バレエ団〉に子供を通わせる親はいなくなるだろう。それでもいいのか?」

しのぶも、その言葉には黙ってしまった。

——そして、疲れたように壁にもたれると、

「好きにしなさいよ」

と言った。

「何だと?」

「三千万? ——笑わせないで。今、バレエ団にも私の口座にも、三百万のお金もないわ」

「まさか——」

「本当よ。今日のパーティだって、ご祝儀の収入をあてにしてるの。赤字だったら大変なことになるわ」

「いい加減なことを——」

「本当の話よ。バレエ団が立ち行くかどうか、綱渡りしてるのよ、ここ何年か」

岸本はいまいましげに、

「じゃ、出さないんだな」

「出せないの。悪しからず」

「そうか」

岸本は肩をすくめて、「そういうことなら……。仕方ない。しかし、黙って引き下らないぜ。本当のことをばらしてやる」

「一文にもならないのに?」

「ああ。こうなったら道連れにしてやる」

岸本が会場へと戻って行く。

「待って！――やめてちょうだい！」

しのぶは後を追おうとしたが、その場で転んでしまった。

話を聞いていた亜由美は急いで駆けて行くと、

「大丈夫ですか！」

と、しのぶを抱き起こした。「花山さん！」

頭を打ったのか、しのぶは気絶していた。

「大変だ。――ドン・ファン！　あの男を何とかして！」

「ワン！」

ドン・ファンは開いたドアから、パーティ会場へと駆け込んだ。

「ええ……そろそろ会もお開きの時間が――」

司会者が話し始めたところへ、

「マイクを貸せ！」

と、岸本がやって来ると、司会者の手からマイクを引ったくった。

「何するんです！」

「やかましい！」

岸本が司会者を突き飛ばした。そしてマイクを手に壇上に上ると、

「話したいことがある！」

と、怒鳴るように言った。「俺のことを知ってる奴もいるだろう。花山しのぶの元の亭主、岸本だ」

パーティ会場は、ざわついてはいたが、岸本の話を聞こうとしていた。

「俺は、花山しのぶの秘密をここで暴きたい。——みんなも知ってるだろうが、十九年前、このバレエ団のスターだった高井咲子が、〈ジゼル〉を踊っていて、セットが倒れ、その下敷になって大けがをした」

と、岸本は会場内を見渡して、「そのせいで、咲子はバレリーナを引退した。あの事故は誰の責任だったのか、うやむやになったが、実はあれは事故じゃなかったんだ」

と、岸本は得意げに言った。

「俺はその場を目撃した。本当だ。あのセットは——」

突然、声が途切れた。

岸本は口を動かしているが、マイクが切れてしまっているので、ざわついている会場内には全く通じないのだった。

「——畜生！　どうしたんだ！」

岸本が壇の脇へと怒鳴る。

「アンプのスイッチを切ったの」

と、亜由美が言った。「ドン・ファンがね」

「何だと?」

会場に音楽が流れ始めて、客たちはまたてんでんにおしゃべりを始めた。

「よくやった」

と、亜由美は足下に来たドン・ファンへ言った。

「それなら、俺が咲子に直接教えてやる!」

と言って、岸本は壇から下りると、出口へと向った。

「止めないと」

亜由美は急いで人をかき分けて行ったが、ともかく真直ぐ進めない。

「ドン・ファン! 急いで!」

ドン・ファンの細長い胴体が人々の足下をすり抜けて行った。

「あ!」

亜由美はぶつかりそうになった相手を見てびっくりした。「殿永さん!」

「どうしました?」

「あの――佐古を連行して行ったんじゃないんですか?」

「それが、ホテルから出ようとしたところへ連絡がありましてね。佐古の奥さんを殺した犯人が捕まったんです」

「高級マンションを専門にしている空巣で、佐古の所に忍び込んでいるところへ、夫人が帰って来て、あわてて殺してしまったんです」

「え？」

「じゃ、佐古は……」

「その場で自由にせざるを得ませんでした」

「そうですか。――あ、受付に咲子さん、いました？」

「ええ、あの弥生さんという人と話していましたよ」

「急いで！　岸本が――」

亜由美は殿永を促して受付へと急いだ。

「――咲子さん！」

と、やっと会場から出た亜由美は、受付の中にいる咲子へ呼びかけたが……。

岸本が受付のテーブルに片手を突いて、青ざめている。

その右腕が切れて血が出ていた。

「佐古さん……」

ナイフを手にしていたのは、佐古だった。

「どうしたんですか？」

「こいつが、余計なことを咲子に吹き込もうとしたので……」

佐古はナイフを投げ出した。

「待って」

花山しのぶがよろけるようにやって来て、

「佐古さんは私の代りに……。私の手からナイフを取って」

「先生……」

「咲子ちゃん……。この男の言ったことは……」

「何も言わないで下さい」

と、咲子は遮った。「聞きました。先生があのセットを倒したって」

「咲子ちゃん……」

しのぶは目を伏せた。「いつか本当のことを——」

「私、憶《おぼ》えてます」

と、咲子は言った。

「え？」

「あの時、『危い！』って叫んでくれた人がいました。よく聞こえなかったので、気にしていなかったんですけど。でも後で気付きました」

咲子は肯《うなず》いて、「あの声は、先生でした。ちゃんと聞いてたんです。もし、本当に先生がセットを倒したのなら、いちいち『危い』なんて言うわけないでしょ」

「咲子ちゃん……」

「セットはたまたま倒れたんです。——私、それで納得しています」

しのぶは涙を拭《ぬぐ》った。

「——刑事さん」

と、佐古が言った。「何度もお手数ですが、僕を逮捕して下さい」

「あなたが……」

「あの邦光ユリアも傷つけました」

と、佐古は言った。「咲子と付合っていたころ、あの人にも会ったことがあります。パーティで会って声をかけられ、これから咲子を誰が傷つけたか、話してやる、とおっしゃって」

「佐古さん……」

と、咲子は言った。

「咲子だけじゃない、亜也も今、このバレエ団で踊っている。その〈花山バレエ団〉を潰《つぶ》すわけにはいきません。だから……刺したんです。もっと軽い傷と思っていたので……」

「ともかく傷害の容疑で」

「はい」

「手錠はいりませんね。——岸本さん、一緒に署まで」

「必要ない」

「しかし――」

「俺は刺されたんじゃない。そいつの持ってるナイフが目に入らなくて、ぶつかった拍子に……」

「そうですか。ではご自分の不注意で……」

「そういうことだ」

岸本は腕の傷を押えて、「医務室はどこだ？」

――岸本が行ってしまうと、

「お母さん」

「亜也！　見てたの？」

「うん」

と肯いて、「私……もう少しバレエを続けるよ」

「亜也……」

「でも、江川君を諦《あきら》めたわけじゃないからね！」

と、亜也は言った……。

「では、団員を代表して、仲井亜也さんからしのぶ先生に花束を」

司会者の声で、亜也は大きな花束を抱えて壇上に上ると、

「先生、おめでとうございます」

と、しのぶに渡した。

「ありがとう……」

会場が拍手で包まれた。

「——何とか終ったわ」

と、咲子は会場の隅で呟《つぶや》いた。

「色々、大変でしたね」

と、亜由美は言った。

人一倍熱心に拍手しているのは、亜由美の父だった。

「——ありがとうございました」

と、しのぶがマイクの前に立って言った。「ところで、私も七十歳。指導はもちろん続けますが、バレエ団全体は新しいリーダーに任せたいと思います。仲井咲子さんに」

「——は？」

咲子が愕然《がくぜん》としていると、場内に拍手が盛り上った。

「おめでとうございます」

と、亜由美が言うと、

「冗談じゃない！　私にひと言も言わないで——しのぶ先生！」

と、咲子は拍手する人々の間を駆けて行った。

「適任よね」

と、亜由美は言った。「ね、ドン・ファン？」

「ワン！」

と、ドン・ファンは力強く吠《ほ》えたのだった……。

解説

吉《よし》野《の》仁《じん》

〈クリフハンガー〉という言葉をご存じだろうか。

かつて二十世紀初頭の活劇映画はたいてい二巻立てで、崖《がけ》のふちにつかまった主人公が絶体絶命の状態となり、次巻に「つづく」となるものが多くあったという。「クリフ」は崖、「ハンガー」はぶら下がり。クライマックス場面に突入し、主人公が崖っぷちに追い込まれ、サスペンスが最高潮となったところで「はたして運命やいかに」となるわけだ。この演出法が〈クリフハンガー〉である。観客は、その先を知りたくてたまらず、次を絶対に見逃せない。この手法は現在でも連続ドラマで受け継がれている。

本作『崖っぷちの花嫁』の表題作は、まさに花嫁が〈クリフハンガー〉となるのだ。いや、実際の崖に花嫁がぶら下がるわけではないが、最初に起こる事件は、同じように危険な高所でのことなのだ。しかも、われらが塚川《つかがわ》亜由美《あゆみ》まで危ない状況におかれてしまう。

とまぁ、これまで赤川次郎〈花嫁シリーズ〉を読んできた読者であれば説明は不要だろう。もし本書で初めて〈花嫁シリーズ〉を手にしたとしても、なんら心配する必要はない。

「塚川亜由美の行くところに花嫁のトラブルあり」と、まるで「犬も歩けば棒に当たる」かのごとく、女子大生の亜由美が数々の難事件に遭遇するのが〈花嫁シリーズ〉。彼女は、被害者となったり問題を抱えたりしている花嫁を助け、持ち前の度胸で事件の渦中に飛び込み、ときに彼女自身も危険な目にあいつつ、親友の神田聡子《かんださとこ》、亜由美の両親に愛犬のドン・ファン、殿永《とのなが》部長刑事らの助けを借り、みごと事件解決へと導いていく。

記念すべき第一弾『忙しい花嫁』が「週刊小説」誌に掲載され、実業之日本社「ジョイ・ノベルス」の一冊として刊行されてからすでに三十数年が経ち、三十巻をこえる人気シリーズとなっている。それでも塚川亜由美は初登場のときとほとんど変わらず、元気な女子大生のままだ。主要登場人物たちのプロフィールも基本的には変わっていない。ちなみに第二弾『忘れられた花嫁』のみ、合気道をたしなむ女子大生の永戸明子《ながとあきこ》が主役をつとめた。これ以外は、すべて塚川亜由美とその両親、友人、愛犬、恋人や仲間たちが登場し、彼らが活躍する物語である。

また、〈花嫁シリーズ〉第三弾『花嫁は歌わない』以降、一冊に中編が二話収録されているスタイルが続いている。この『崖っぷちの花嫁』、シリーズ第二十六弾の再文庫化となる本書もまた、表題作「崖っぷちの花嫁」と「花嫁は今日も舞う」の二話が収められているのだ。初出は「月刊ジェイ・ノベル」誌の連載で、二〇一二年にジョイ・ノベルスの一冊として刊行されたものである。

さて、最初の一作「崖っぷちの花嫁」は、先に書いたとおり、いきなり亜由美に危機が迫る。しかも、その場所は遊園地のジェットコースターなのだ。

亜由美は、親友の神田聡子とともに遊園地に来ていた。ちょうどソフトクリームをなめているはるか頭上、ジェットコースターのレールの上を歩く女性がいる！　園内は大混乱。発着所の若い職員は頼りにならず、そこで亜由美は助けに行こうと自らはしごを上り、レールにたどりついた。だが、その謎の女性、木村《きむら》みずえは、なんと亜由美に宝石を売り込もうとするではないか。話を合わせて一億円のティアラ購入を承諾したとたん、木村みずえはポケットから拳銃《けんじゅう》を取り出し自分のこめかみに当てた。亜由美は、とっさに飛びかかった。

と、ここまでが導入部。なんとスリリングな幕開けか。遊園地といえば、かつて亜由美は聡子らとともにディズニーランドに来て少女の誘拐騒ぎに居合わせたことがある（第十三弾『闇に消えた花嫁』表題作）ほか、ある遊園地では彼女自身が何者かに誘拐されてしまった（第十五弾『花嫁は女戦士』表題作）。遊園地は愉《たの》しいだけじゃないのだ。

亜由美は、木村みずえを助けたお礼に、彼女の勤める〈S宝石店〉の社長、丸山広志《まるやまひろし》から贅沢《ぜいたく》なもてなしを受けることとなった。しかしこの〈S宝石店〉、どうも怪しい事情を隠している様子。さらに前野《まえの》という男の存在が浮上してきた。木村みずえはジェットコースターのレール上で亜由美に向かい、「男など信用してはいけません！」と泣きながら口にした。前野が関係しているのだろうか。やがて殺人事件が起こり、警察が捜査に乗り出した。

この奇妙な事件は、〈S宝石店〉の社員旅行先である温泉旅館で急展開となる。亜由美たちもそこへ乗り込み、真相に迫る。

温泉地というのもまた、本シリーズ中、主要な舞台のひとつ。第十弾『ゴールした花嫁』収録の「花嫁の卒業論文」では早世した小説家の故郷であるK温泉へ行き、トラブルに巻き込まれる物語だったし、第十七弾『花嫁よ、永遠なれ』の表題作では、塚川一家と聡子に亜由美の恋人である谷山《たにやま》先生らが訪ねた温泉町の騒ぎに出くわし、第二十一弾『毛並みのいい花嫁』の表題作でもまたK温泉〈新緑荘〉が舞台となっていた。遊園地だろうと温泉地だろうと事件は起こるのだ。

思いかえせば、作者のデビュー作、女子大生の永井《ながい》夕子《ゆうこ》が活躍する〈幽霊シリーズ〉の第一弾「幽霊列車」もまた山間の温泉地を走る列車が事件の舞台だったではないか。

また本シリーズでは、花嫁の勤め先、その企業の闇に迫る物語が少なくない。この「崖っぷちの花嫁」もその系列といえよう。いずれも赤川作品ならではのユーモアや軽妙な展開で愉しめる作品ながら、悲劇の裏側には、現代社会の歪《ゆが》みや陰りが潜んでいるのだ。たとえば、過労死の問題を扱い、社員を使い捨てにするブラック企業を糾弾する「花嫁たちの名誉」（第十一弾『血を吸う花嫁』収録）などは未読の方に薦めたい一作だ。

本書に収録のもう一話、「花嫁は今日も舞う」は、有名バレエ団をめぐる物語である。企業ではないものの、伝統ある集団や仕事の問題に絡んでいる内容ということでは、「崖っぷちの花嫁」とどこか通じている。

塚川亜由美と親友の神田聡子は、アルバイトでパーティーの受付を担当した。それは〈花山バレエ団〉の代表・花山《はなやま》しのぶの七十歳を祝う会。だが会場となるホテルに集まったのは、なぜか訳ありの面々ばかり。

かつてバレエ団のプリマドンナでありながら二十年前に怪我で引退した仲井《なかい》咲子《さきこ》。その娘で同じくバレリーナの亜也《あや》とその恋人も会場に来ていた。花山しのぶのかつての夫だった岸本弘《きしもとひろし》に、ライバル〈ミクニ・バレエ団〉の邦光《くにみつ》ユリア。さらに警察が妻殺しの疑いで追っている男、元国会議員の佐古《さこ》をホテルで見かけたという情報までが舞い込み、殿永部長刑事が現れた。そして事件が起こった……。

作中、殿永部長刑事が「亜由美さんは犯罪を呼び寄せる能力をお持ちですから」と語る場面があった。亜由美がそこにいたならば、かならずや花嫁がらみの事件に巻き込まれる。さけて通れないのだ。

この「花嫁は今日も舞う」は、バレリーナたちが登場する物語のためか、単に結婚とその幸せという話にとどまらず、女性たちの複雑で生々しい感情が渦巻く世界が描かれている。なるほど、〈花嫁シリーズ〉がこれほどの人気を誇り、長寿シリーズとなったのは、単に「幸せな花嫁」という見せかけの図式を曝《あば》くだけにとどまっていないから、ではないだろうか。

もちろん、塚川亜由美とその仲間（おもにドン・ファン！）による八面六臂《はちめんろっぴ》の活躍を追う物語そのものが痛快なのは言うまでもない。彼女は、あるときはフルマラソンに挑んだかと思えば、南米のジャングルではゲリラと渡り合う。はたして次の花嫁はどんな女性で、亜由美はいかなる怪事件を呼び寄せてしまうのか、愉しみでしかたない。

本書は、二〇一五年六月、実業之日本社文庫として刊行されました。

崖《がけ》っぷちの花《はな》嫁《よめ》

赤川次郎《あかがわじろう》

平成31年 3月25日　初版発行
令和5年 8月5日　再版発行

発行者●山下直久

発行●株式会社KADOKAWA
〒102-8177　東京都千代田区富士見2-13-3
電話　0570-002-301（ナビダイヤル）

角川文庫 21493

印刷所●株式会社KADOKAWA
製本所●株式会社KADOKAWA

表紙画●和田三造

●お問い合わせ
https://www.kadokawa.co.jp/（「お問い合わせ」へお進みください）
※内容によっては、お答えできない場合があります。
※サポートは日本国内のみとさせていただきます。
※Japanese text only

ISBN 978-4-04-106984-4　C0193

角川文庫発刊に際して

角川源義

第二次世界大戦の敗北は、軍事力の敗北であった以上に、私たちの若い文化力の敗退であった。私たちの文化が戦争に対して如何に無力であり、単なるあだ花に過ぎなかったかを、私たちは身を以て体験し痛感した。西洋近代文化の摂取にとって、明治以後八十年の歳月は決して短かすぎたとは言えない。にもかかわらず、近代文化の伝統を確立し、自由な批判と柔軟な良識に富む文化層として自らを形成することに私たちは失敗して来た。そしてこれは、各層への文化の普及滲透を任務とする出版人の責任でもあった。

一九四五年以来、私たちは再び振出しに戻り、第一歩から踏み出すことを余儀なくされた。これは大きな不幸ではあるが、反面、これまでの混沌・未熟・歪曲の中にあった我が国の文化に秩序と確たる基礎を齎らすためには絶好の機会でもある。角川書店は、このような祖国の文化的危機にあたり、微力をも顧みず再建の礎石たるべき抱負と決意とをもって出発したが、ここに創立以来の念願を果すべく角川文庫を発刊する。これまで刊行されたあらゆる全集叢書文庫類の長所と短所とを検討し、古今東西の不朽の典籍を、良心的編集のもとに、廉価に、そして書架にふさわしい美本として、多くのひとびとに提供しようとする。しかし私たちは徒らに百科全書的な知識のジレッタントを作ることを目的とせず、あくまで祖国の文化に秩序と再建への道を示し、この文庫を角川書店の栄ある事業として、今後永久に継続発展せしめ、学芸と教養との殿堂として大成せんことを期したい。多くの読書子の愛情ある忠言と支持とによって、この希望と抱負とを完遂せしめられんことを願う。

一九四九年五月三日

角川文庫ベストセラー

女社長に乾杯！　赤川次郎

地味で無口な社員・伸子が、会社のメインバンクの実力者から社長に指名された！　パワフルな秘書と元営業部長の力を借りながら、社内改革に乗り出す！　そんな時、前社長の愛人が殺されて……痛快ミステリ。

雨の夜、夜行列車に　赤川次郎

地方へ講演に行く元大臣と秘書。元部下と禁断の恋に落ちた、元サラリーマン。その父を追う娘。この2人を張り込み中に自分の妻の浮気に遭遇する刑事。今しも彼らは、同じ夜行列車に乗り込もうとしていた。

血とバラ　懐しの名画ミステリー①　赤川次郎

ヨーロッパから帰国した恋人の様子がおかしいことに気がついた中神は、何があったのか調べてみると……（「血とバラ」）。ほか「忘れじの面影」「自由を我等に」「花嫁の父」「冬のライオン」の全5編収録。

悪魔のような女　懐しの名画ミステリー②　赤川次郎

妻が理事長を務める女子校で、待遇に不満を抱える事務長の夫が妻の殺人を画策するが……（「悪魔のような女」）。ほか「暴力教室」「召使」「野菊の如き君なりき」の全4編収録。

埋もれた青春　懐しの名画ミステリー③　赤川次郎

妻の身代わりで殺人罪で刑務所に入った男が20年ぶりに出所してみれば……ゆるやかな恐怖を包み込みながら、ユーモアとサスペンスに満ちあふれた懐しの名画ミステリー5編。